밀랍 인형

| Wax figure |

김태실 수필집

영문 번역 | 장웅상

Translated by Ungsang, Jang

Doctor of English Literature. Ten degrees including
a doctoral degree. translator, Tarot Phycologist,
author, lecturer. Published Books : 『To you who
want to study』『English that reads itself』『Miracle
One minute English (scheduled for publication)』

초판 발행 2021년 9월 8일
지은이 김태실
펴낸이 안창현 **펴낸곳** 코드미디어
북 디자인 Micky Ahn **교정 교열** 민혜정

등록 2001년 3월 7일
등록번호 제 25100-2001-5호
주소 서울시 은평구 갈현로 318-1 1층
전화 02-6326-1402 **팩스** 02-388-1302
전자우편 codmedia@codmedia.com

ISBN 979-11-89690-54-0 03810

정가 15,000원

 수원문화재단
Suwan Cultural Foundation

이 책은 수원시와 수원문화재단의 문화예술 창작
지원사업에 선정되어 지원받아 발간되었습니다.

밀랍 인형 | 김태실 수필집

김태실

작가의 말

마법의 나무에 기대어 산다
계절처럼 변하는 삶의 순간을 초연히 바라보면서
나를 품어 준 문학나라
지금, 여기 있다
은혜가 따사롭다

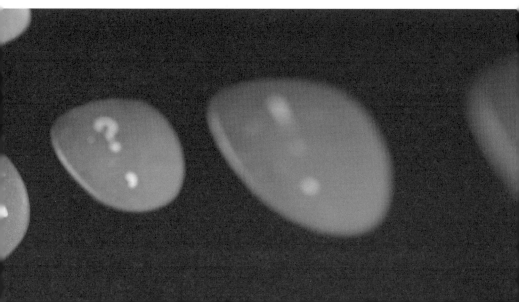

Taesil, Kim

영원히 목마르지 않는 수액을 마시고

푸른 눈으로 산다

그 중심에 선 든든한 나무에 기대

절체절명에 눈 뜬 문학

2021년 9월

Contents

1

//

밀랍 인형 | Wax figure

2

별이 된 그대에게

Contents

3

익숙하지 않은 오늘

4

바람의 날개

Contents

5

상상을 찍다

김태실 수필집

밀랍
인형

하찮아 보이는 물건 하나가 사람과 함께한 세월은 가난과 질곡의 세월이다. 괴로움과 슬픔도 그 안에 녹이고 즐거움과 기쁨도 그 안을 통과한다. 자신에게 맡겨지는 일이 크든 작든 그대로 수용하는 순명의 자세, 세상의 평안을 지키는 일이다. 쓰임을 받는 적재적소에서 보람을 느끼고 더불어 삶의 평안을 지킨다. 그 속에 담긴 깨달음은 어떤 설법보다도 깊다. 보상도 없이 묵묵히 제 할 일만 하는 바가지가 성자다.

－「바가지」중에서

1부

밀랍 인형

Wax figure

바가지

하찮아 보이는 물건 하나가 사람과 함께한 세월은 가난과 질곡의 세월이다. 괴로움과 슬픔도 그 안에 녹이고 즐거움과 기쁨도 그 안을 통과한다. 자신에게 맡겨지는 일이 크든 작든 그대로 수용하는 순명의 자세, 세상의 평안을 지키는 일이다. 쓰임을 받는 적재적소에서 보람을 느끼고 더불어 삶의 평안을 지킨다. 그 속에 담긴 깨달음은 어떤 설법보다도 깊다. 보상도 없이 묵묵히 제 할 일만 하는 바가지가 성자다.

계절의 빛에 잎이 시들해지면 박은 제 모양을 갖추며 익는다. 풀밭을 뒹굴던 열매는 시간이 지날수록 영글어 어머니 탯줄에서 떼어내듯 줄기에서 분리된다. 줄기를 떠나온 박은 두 쪽으로 갈라져 생명으로 지키던 속살을 내주어야 한다. 펄펄 끓는 소금물에 쪄지며 더욱 단단해지는 정신, 달궈지고 달궈지며 완성을 향해 나아간다. 익혀진 몸은 안팎으로 껍질 벗는 아픔도 겪는다. 뼈를 깎듯 몸을 긁어내는 시간이다. 자신을

gourd

The years when a seemingly insignificant object is with people is a time of poverty and fetter. Pain and sorrow dissolved in it, and joy and delight pass through it. It is an attitude of obedience to accept the tasks entrusted to me, large or small, as they are. To keep the peace of the world I feel rewarded in the right place where I am being used. I keep the peace of my life together. The realization contained in it is deeper than any other sermon. A sage is like a gourd which silently does his job without any compensation.

When the leaves wither in the light of the season, the gourd takes its shape and ripens. The fruit that used to roll around in the grass is separated from the stem as time goes by. as if it Is removed from the mother's umbilical cord. The gourd that left the stem is split in two and give out the flesh that was kept alive. The spirit becomes stronger by steaming it in boiling salt water, and it progresses toward perfection by being heated. A body that is cooked also suffers from the pain of peeling the skin inside and out. It's time to scrape my body off the bone. It is a

감쌌던 보호막을 말끔히 벗고 시원한 바람에 말려지는 구도의 길, 인고의 시간을 거치면 물기 하나 스며들 틈새 없이 쫀쫀하게 결속된다. 입적에 든 수도승처럼 무념무상이 되어 비로소 바가지로의 소명을 부여받는다. 담금의 세월을 벗어난 일상의 시작이다.

어머니 손에 들린 바가지는 여느 것과 달랐다. 반들한 껍질에 비해 속은 유난히 거칠었다. 온갖 것을 담고 쏟으며 소임을 다하는 바가지는 어머니와 한 몸이었다. 일곱 자식 키우는 막막함과 외곬 남편과의 불통도 손에 든 바가지와 함께 했다. 쌀독에서 쌀을 퍼내거나 음식 재료를 담고 가마솥에 물을 푸는 일까지 충실한 하루를 같이했다. 어머니의 손에 들린 바가지는 안다. 힘겨운 마음과 편안한 마음의 경계를. 그 마음을 읽으며 조용히 침묵한다. 빅터 프랭클은 '고통스러운 감정은 우리가 그것을 명확하고 확실하게 묘사하는 바로 그 순간에 고통이기를 멈춘다.'라고 했다. 부드러운 봄빛의 햇살도 한파의 고독도 참선하듯 견뎌야 하는 서로 닮은 삶, 태어난 것도 하늘의 뜻이고 사라지는 것도 때가 있다는 진리를 가슴에 품고 묵묵히 길을 간다.

가슴속 모든 것을 내어 놓고 어디 하나 흠 없는 바가지가 하루아침에 사라져야 하는 때가 온다. 다른 사람의 행복한 삶을 위해 과감히 몸 바치는 희생이다. 결혼을 앞둔 신랑 측 함진아비가 신부 집에 첫발을 디딜 때 바가지를 한 번에 깨는 의식이 있다. 구둣발에 무참히 부서져 생을 마감하지만 그것은 새로운 가정의 축복을 위한 노래다. 산산조각 흩어지는 소리는 어떤 팡파르보다 맑고 아름답다. 왁자한 웃음에 섞여 퍼

path of seeking tao that takes off the protective film that was wrapped around itself and is dried in the cool wind, and after going through a period of hardship, it is firmly bound without any gaps in which moisture can seep through. Just like a monk in enlisted register, she becomes a free-spirited monk, and only then is she given the vocation as a Plastic bowl. It is the beginning of everyday life beyond the years of immersion.

The plastic bowl in my mother's hand was unlike other ones. Compared to the smooth skin, the inside was exceptionally rough. it was one body with my mother, who filled and poured out everything and did her duty. The desperation of raising seven children and the infidelity with her estranged husband were also shared with the plastic bowl she had in her hand. They had a fulfilling day, from scooping rice out of the rice dock, to putting food ingredients and pouring water into the cauldron. I know the plastic bowl my mother's hand. It's the boundary between a hard heart and a comfortable mind. I read her mind and keep quiet. Victor Frankl said, 'A painful emotion ceases to be a pain at the very moment we describe it clearly and certainly'. We go down the road silently, bearing in our hearts the truth that we have to endure the soft spring sunlight and the loneliness of the cold wave as if we are doing zen meditation, that being born is the will of heaven and disappearing is the will of heaven. time to disappear.

There comes a time when we have to give up everything in our heart and all the plastic bowl without any blemishes will disappear overnight. It is a sacrifice we make boldly for the happy life of others. There is a ceremony to break the plastic bowl at once when the male friend of the would-be groom, who is about to get married, takes his first steps to the

지는 소리, 그 소리에 온갖 잡귀가 놀라 도망간다는 우리의 풍습이었다. 결혼 전, 미지의 세계에 대한 두려움을 안고 있었다. 박이 부서지며 내는 소리와 와자하게 들려오는 가족과 친지들의 소리를 들으며 가슴이 두근댔다. 철없던 신부는 수십 년을 건너와 지난날을 돌아본다. 까마득한 그때, 세상을 알지 못하던 순수한 시절, 맑은 이슬처럼 영롱한 신혼의 꿈은 바가지가 바친 희생의 덕이다.

항아리에 표주박이 동동 떠있다. 굴곡 있는 몸매로 풍류와 어울린다. 글을 읽고 학문을 쌓던 선비들의 모임에 함께 하던 바가지, 주막의 동동주 위에 올라앉는 게 제격이다. 휘휘 저은 술 한 잔 떠서 주거니 받거니 건네는 손길에 온몸이 절여진다. 취기 오른 사람들의 하소연을 들으며 어느 생이나 큰 차이가 없다는 답을 발견한다. 때론 웃고 때론 눈물 흘리는 사람들의 고달픔을 들으며 바가지는 자신의 삶을 생각한다. 잘리고 갈라져 끓는 물에 삶아진 삶. 바깥과 안쪽을 긁히면서도 아야 소리 한번 지르지 않았다. 바짝 말려질 때의 목마름은 어떠했던가. 지난한 시간을 건너고 나서야 고난은 멈춰지지 않았던가. 한참 생의 징검다리를 건너고 있는 고단한 사람들의 딱한 사정을 들으며 바가지는 말한다. 조금만 더 견디라고, 다 지나간다고, 잘하고 있다고.

바가지는 씨가 많아 생명의 불변성을 이어간다. 두드려 악기로도 썼지만 병을 쫓는 굿이나 고사에도 이용되었다. 전염병이 돌면 바가지에 음식을 담아 내놓았는데, 잡귀가 먹고 멀리 사라지게 하려는 의도였다. 사람이 죽으면 사자 밥을 담아 대문 밖에 짚신과 같이 놓기도 했다. 최

bride's house. It is a song for the blessing of a new family, although it is mercilessly crushed by shoes and ends its life. The sound of shattering is clearer and more beautiful than any fanfare. It was our custom that all kinds of evil spirits were frightened and ran away by the sound that spread out in laughter. Before marriage, I had a fear of the unknown. My heart was pounding as I listened to the sound of the broken gourd and the loud sounds of close friends. The immature bride crosses several decades and looks back on the past. The dream of the new wedding shining like clear dew, in those days, when I did not know the world, is the virtue of the sacrifices it gave.

Gourds are floating in the jar. With a curved body, it goes well with the taste for the arts. It is the perfect place to sit on the gourd or the rice wine in the tavern, where Juniors and seniors used to read books and build their studies. A person pours a glass of rice wine and gives it to another. When he takes it, his whole body is drunken to the giving and receiving hands. Hearing the complaints of drunken people, we discovers the answer that there is no big difference in life. Hearing the hardships of people who smile sometimes and cry sometimes, the gourd thinks of his life. Cut, cracked and boiled life in boiling water! It was scratched both the outside and the inside, but didn't scream 'ouch'. How was your thirst when it was dry? Didn't the suffering stop only after the boring hour passed? Hearing the pitiful circumstances of the hard-working people who was crossing the stepping-stones of their lives for a long time, the gourd talks. Just be patient a little longer. Everything will pass. You're doing well.

The gourd has many seeds, so it maintains the constancy of life. It

소 원삼국시대부터 사용하기 시작되었을 바가지는 어른, 아이 할 것 없이 쉽게 접한 생활 용구이다. 조선 시대에 아이들은 색색으로 물들인 호리병박을 차고 다녔는데, 정월 대보름 전야에 남몰래 길가에 버리면 액을 물리칠 수 있다는 속설을 믿고 행하기도 했다. 바가지는 일상생활에 도움을 주고 위로를 주며 사람과 함께 한 고마운 도구이다.

서럽지 않다. 속박되어 살아온 삶이었지만 사람의 손을 잡아 주고 간절한 염원에 아낌없이 몸을 바치는 일이 즐거웠다. 그것이 자신의 삶이라고 받아들인 긍정의 힘이다. 시대가 변하고 세월은 흘러 박 바가지는 장식이나 예술로 거듭 태어나며 겨우 명맥을 유지하고 있다. 논둑이나 밭둑, 툇마루 근처에서 흙냄새를 맡으며 풀과 어우러진 시절은 점점 귀해지고 있다. 천 개 만 개 똑같이 찍혀 나오는 플라스틱 바가지와 다르게 개성 있고 남다른 매력을 지니고 있는 바가지는 자신의 본성을 잃지 않는다. 세월이 흘러도 자신의 종족을 이어주는 사람들이 고맙다. 온갖 고초를 겪어야 하는 삶의 길에서 수도승처럼 불도 한마디 전해준다. 평안과 여유를 갖고 살라고. 함께 할 때 어려움을 이겨낼 수 있다고. 그것이 행복이라고. 오늘도 시골집 초가지붕 위에 하얗게 핀 박꽃이 달빛에 고요할 것만 같다.

was also used as a musical instrument by tapping, but it was also used for exorcism for chasing disease. When an epidemic spreads, food was served in gourd, with the intention of making the demons eat and disappear. When a person dies, they put the food of the deceased and put it outside the gate with straw shoes. At least from the Original-Three Kingdoms era, it is a life tool that both adults and children can easily come into contact with. In the Joseon Dynasty, children wore colorful gourds, and they believed and practiced the myth that if they secretly dumped them on the roadside on the eve of the 15th day of the new year, they believed and practiced it. The gourd is a tool that helps and comforts people in their daily life, and is a grateful tool that has been with people.

I am not embarrassed, It was a life of being in bondage, but it was fun to hold people's hands and dedicate myself generously to my earnest desires. It is the power of positivity that I accepted as my life. Times changed and the years passed, and gours are being reborn as decorations or art, barely maintaining their lives. The days of being in harmony with grass while smelling the soil near paddy fields, and narrow wooden porch running along the outside of a room are becoming increasingly rare. Unlike plastic bowls that come out with a thousand and ten thousand identical prints, gourds with a unique charm do not lose their nature. I am grateful for those who continue to connect their race even after the years pass. Like a monk on the path of life where he or she has to go through all kinds of hardships, he also delivers a word of fire. May you live in peace and leisure. We can overcome difficulties when we work together. That's happiness. Even today the white gourd flowers on the thatched roof of the country house seem to be quiet in the moonlight.

꽃병

처음엔 고고한 도자기처럼 품위 있었다. 맑고 투명한 유리처럼 냉철했다. 세상을 변화시키겠다는 뜻을 품었을지언정 세상에 물들어 변하지는 않겠다고 했다. 살다 보니 어느새 석양이 찾아왔다. 가슴에 품었던 열정은 힘을 잃고 정성을 쏟았던 분신은 모두 떠났다. 덩그러니 홀로 남은 품에 나비처럼 날던 분홍 기억도 사라졌다. 깊은 저녁 빛만 제자리인 양 들어앉았다. 물들고 싶어 물들지 않은 낡은 울타리가 되었다. 희미해진 빛 속에 모여 사는 종착역, 요양원의 밤은 느리게 흘러간다.

강의 하구에서 가족의 얼굴도 이름도 내려놓은 사람, 꽃 같던 시절은 꿈이 되었고 노을 속으로 빠져드는 몸만 존재한다. 군데군데 잔금이 가 있고 이가 나간 꽃병은 텅 비어있다. 무엇을 담는 일은 불가능하다. 꽃 한 송이 꽂을라치면 이내 한쪽으로 기울어 산산조각 날 태세다. 지금은 고요히 잠기는 때, 돌아보면 굽이굽이 산과 강을 건너왔다. 한 사람을 만나 생명을 낳아 기르고 다가오는 일을 척척 해결하며 지나온 날들,

Vase

　　At first, it was as elegant as a solid pottery. It was as cold as clear and transparent glass. Although I had a will to change the world, I said that I would not change the world. As I lived, the sunset came so soon. The passion I had in my heart lost power, and all my other self I had devoted myself to left. The pink memories of flying like a butterfly in my arms left alone also disappeared. Only the deep evening light entered my seat. It became an old, undyed fence because it wanted to be dyed. The night of the terminal station, and the sanatorium where they live together in the dimmed light, goes by slowly.

　　At the mouth of the river, a person who don't remember his family's face and name, the flower like days have become a dream, and only a body immersed in the sunset exists. The vase is empty and there are traces of it. It is impossible to contain anything. As soon as a single flower is placed, it will lean to one side and be shattered to pieces. Now is the time when it is quietly submerged, and looking back, I have crossed mountains and rivers at every turn. The days passed by

그 많은 일을 하긴 한 건가. 우뚝 서있는 의젓한 저 사람을 자식으로 키운 게 사실인가. 영화 한 편을 본 듯, 자신에게는 없었던 일이라는 듯, 젊은 시절은 꿈만 같다. 낯선 세계에 침잠해 들어가면서 삐거덕거리는 몸을 붙잡고 멍하니 놓여 있다.

지인의 어머니는 자꾸 밖으로 나갔다. 집에 가야 한다고 집 밖을 향했다가 돌아오지 못하는 일이 비일비재하다. 새벽이든 밤이든 경찰서를 들락거렸고 간신히 모셔오면 냉장고 청소를 한다고 냉장고 문을 열어둔 채 물건을 끄집어내곤 했다. 새벽마다 도시락을 싸야 한다고 주방에서 아침 아닌 아침을 짓고, 빨래를 한다며 이불이며 옷가지를 욕탕에 넣고 물을 받기 일쑤였다. 어머니가 저지른 일을 마무리하며 눈물 흘리는 그녀의 하소연을 들을 때면 나는 말을 잃었다. 삶은 무엇인가. 기억은 왜 사라지는 걸까. 치열하게 살던 순간만 남고 현실을 인지하지 못하는 청맹과니, 무엇이 그 기억을 거둬 가는 걸까. 금가고 구멍 난 꽃병처럼 사람 구실을 하지 못하는 물건이 되었다. 목숨처럼 사랑하는 자식을 위한 삶이었건만, 심해진 치매를 견디다 못해 결국 자식에 의해 요양원에 보내지는 삶, 깨지기 직전의 꽃병이다.

21세기는 삶의 끝자락을 요양원에서 보내는 시대가 되었나 보다. 젊은 자식들에게 짐이 되지 않겠다고 스스로 실버타운이나 요양원을 찾는 사람이 늘고 있는 추세다. 자식의 인생과 나의 인생을 분류하는 지적 상승의 결과이고, 남은 삶은 스스로 즐겁고 편안하게 살고 싶은 욕구이다. 작은 콘서트를 하기 위해 요양원을 찾은 적이 있다. 그곳은 들

meeting one person, giving birth to life, and solving the coming issues! did I do so many things? Is it true that I raised that mature and proud person as a child? As if watching a movie, and as if it never happened to me, my youth is like a dream. As I sink into an unfamiliar world, I lie blankly holding onto my creaking body.

The acquaintance's mother kept going out. It is common to go out of the house to go home and never come back. Whether early in the morning or at night, She would come and go in and out of the police station, and if she was barely brought in, she would clean the refrigerator, leaving the refrigerator door open and taking things out. She said that she had to pack her lunch every morning, so she made breakfast in the kitchen instead of morning, and said she was doing laundry. So she often put blankets and clothes in the bathtub to get water. I was at a loss for words as I listened to her cry as she finished what her mother had done. What is life? Why do memories disappear? With only moments of intense life left and a bat-blind person unable to perceive reality, what is taking away those memories? Like a cracked and perforated vase, it became a non-human object. It was a life for a child he loved as much as his life, but it is a life that is sent to a nursing home by children because she cannot endure the worsening alzheimer disease.

The 21st century seems to be the era of spending the end of life in a nursing home. An increasing number of people are looking for a silver town or nursing home on their own. So that they will not be a burden to their young children. It is the result of intellectual ascent that categorizes our children's lives and my life, and the rest of our life is

어서자마자 안온했다. 시 낭송과 노래, 춤이 어우러진 콘서트에서 흥겨움이 강당을 가득 채울 때 스스럼없이 앞에 나와 춤을 추고 노래를 부르는 어르신들의 흥은 살아 있었다. 누군가의 어머니였고 아버지였던 저 환한 웃음은 한 가정을 일으켜 세운 원동력이다. 가족을 그러모아 보살피던 손길, 품 떠난 자식을 위해 투박한 손을 모아 기도하면서 동료들과 어울려 지내는 즐거움, 현명한 선택을 한 노년이라 느껴졌다. 비록 수없이 잔금이 간 꽃병이 되었지만 순리를 거스르지 않고 삶을 받아들이는 아름다움이다.

84세의 큰언니는 실버아파트에 들어갈 날을 손꼽아 기다린다. 용인 어디쯤 아파트가 지어지고 있다는 그곳이 생의 마지막 텃밭이 되리란 걸 안다. 자식 넷을 키우며 바친 젊음은 사라지고 쉽게 지치는 몸만 남았다. 황소도 잡을 듯한 힘과 일 년에 열댓 번 제사를 지내던 기운은 사라졌다. 9남매의 맏며느리로 어린 시동생, 시누이를 키우고 공부시켜 사회의 일원으로 제 몫을 하게 만든 열정도 사라졌다. 아직 젊은이 못지않게 맑은 정신을 가지고 있는 언니는 이제 그 모든 일에 손 놓고 편안하다. 다만 무릎과 대퇴골 수술로 걷기가 불편하다. 한 발짝 내딛기가 쉽지 않아 아파트 단지 안에서만 겨우 활동하는 그녀, 실버아파트에 입주하면 밥 할 일도 없고 의료진이 항시 대기하고 있어 걱정 없다고 한다. 혼자 살다 세상을 떠나게 될 경우 며칠, 혹은 몇 달 만에 발견되는 일은 없을 거라는 위안을 받고 있다. 그녀의 몸은 금 간 꽃병처럼 위태롭지만 황혼의 끝자락에서도 희망을 가질 수 있다는 걸 보여준다.

the desire to live happily and comfortably on our own. I once went to a nursing home for a small concert. As soon as I entered the place, I felt comfortable. When the excitement filled the auditorium at the concert of poetry, song and dancing, the excitement of the elderly who danced and sang without hesitation was alive. That bright smile, who was someone's mother and father, is the driving force that built up a family. I felt like an old man who had made a wise choice: the hands that cared for his family, the joy of hanging out with her colleagues while praying with her crude hands together for a lost child. Although it became a vase that was left behind for many times, it is the beauty of accepting life without breaking the rules.

The 84-year-old older sister looks forward to the day she will enter the silver apartment. She knows that an apartment building somewhere in Yongin will be her last vegetable garden. The youth she devoted to raising four children disappeared, leaving only a body that is easily exhausted. The strength of catching a bull and the energy of performing fifteen sacrifices a year disappeared. As the eldest daughter-in-law of nine brothers and sisters, the passion that made her do her part as a member of society by raising and studying her younger brother and sister-in-law also disappeared. The elder sister, who still has clear mind as a young man, is now comfortable with everything she does. However, it is difficult to walk due to knee and femur surgery. It is not easy to take one step, so she only works in an apartment complex. She is comforted that if She die living alone, She will not be found in a few days or months. Her body is as precarious as a cracked vase, but it shows that even at the edge of twilight there is

깊은 잿빛 시간에 물든 사람들이 모여 사는 곳, 요양원은 무르익은 향기로 가득하다. 자식의 재롱에 웃고 입시와 취업의 당락에 울고 웃으면서, 걸림돌 하나 넘을 때마다 가슴을 쓸어내렸던 부모들. 자식들이 새로운 가정의 주춧돌이 되었을 때 기쁘게 떠나보내는 부모였다. 세월의 끄트머리에 가 닿아 다시는 젊은 시절로 돌아갈 수 없어도 새겨 있는 훈훈한 기억으로 미소 짓는다. 온갖 고초를 겪으면서도 한 가정의 거름이 되는 몫을 맡았던 닳고 닳은 꽃병들, 꽃의 기억을 붙잡고 막막한 저편으로 가고 있다. 안개처럼 차오르는 저문 빛을 쏟아내지 못하고, 채워지면 채워지는 대로 키를 낮추고 있다. 이내 안 보일 때까지 흔들며 흔들리며 작아질 뒷모습, 가슴에 품은 사랑을 지우지 않는 우리들의 부모님이다.

hope.

The sanatorium, a place where people dyed in deep gray hours live, is filled with the scent of ripening. Parents who smiled their children's cute tricks, cried and laughed at the successes of entrance exams and employment, and wiped their hearts every time they crossed a stumbling block. They were parents who happily let their children go whenever they became the cornerstones of a new family. Even though she can't go back to her youth after reaching the edge of time, she smiles with the warm memories engraved on me. The worn-out vases, which were responsible for a family's fertilization despite all kinds of hardships, are catching the memories of flowers and heading to the far side. The low light that fills up like a mist cannot pour out, and when it is filled, the height is lowered as soon as it is filled, they are our parents who do not erase the love we hold in our hearts. The back figure that will shake and be shaken until they are not seen.

단추

　옷에 따라 다른 모양의 단추가 달려 있다. 단추 없이 지어진 옷도 있지만 거개는 꼭 필요하다. 크면 큰 대로 작으면 작은 대로 각양각색의 모양은 옷의 품격을 올려 준다. 옷의 품격은 곧 사람의 품격이기도 하다. 옷에 달린 단추는 깨지거나 떨어져 나가면 곧바로 새 단추로 바꿔 달 수 있지만, 사람이 깨져 있다면 어떻게 해야 하나. 망가져 아무도 관심 갖지 않는 사람, 그들은 편견의 눈초리에서 벗어나기 어렵다. 깨지고 망가졌지만 뜨거운 피를 가진 이들, 나름대로 보람 있게 살고 있는 장애인들의 삶은 노을빛에 선 한 그루 동백이다.

　우연한 기회에 장애인 학교에서 학생들을 가르치게 되었다. 문예반에 모인 사람들은 30대에서 60대까지 연령대가 다양했다. 시를 배우고자 하는 마음이 불꽃처럼 타는 그들에게 내가 지니고 있는 정성을 나눴다. 시간이 지날수록 우리의 주파수는 한 치의 흐트러짐 없이 맞춰졌다. 지팡이와 휠체어에 의지한 그들의 어눌한 말을 내 주파수는 알아듣

Button

  Different clothes have different buttons. Some clothes are made without buttons, but most buttons are absolutely necessary. Whether it is large or small. Various shapes of buttons enhance the dignity of clothes. The quality of clothes is also the quality of a person. Buttons on clothes can be replaced with new buttons right away if they break or fall off, but what should we do if they are broken? If people are broken what should they do? A person whom nobody cares are hard to get out of the eyes of prejudice. Those who are broken, but have hot blood, and those with disabilities who are living their lives worthwhile, are a single camellia in the sunset light.

  By chance, I came to teach students at a school for the disabled. The people who gathered in the literary class varied in age from their 30s to their 60s. I shared my devotion to those who had a burning desire to learn poetry. As time went on, my frequencies were tuned without any disturbance. My frequency hears their vague words, relying on canes and wheelchairs, and they recognize the sincerity deep in my

고, 내 가슴 깊숙한 곳에 있는 진심을 그들은 알아본다. 자유롭지 못한 몸이지만 생각은 유리처럼 맑은 이들이 무수히 헤매고 쓰러졌던 마음을 곧추세워 자신의 존재를 바로 세운다. 느리게 꿈을 키우는 그들은, 어둠 속에 숨어 있던 삶을 드러내며 서서히 밝은 기운을 되찾는다. 우울하고 괴로웠던 삶을 한 편의 글로 빚으며 자신의 자리를 밝히고 있다.

공을 차며 땀을 흘리던 박주영 선수처럼 뛰고 싶었던 사람이 있다. 그는 바람을 가르는 한 마리 새처럼 날고 싶던 사람이다. 중학생 때 사고로 양쪽 다리가 부러지고 유리가 눈에 박혀 만신창이가 되었다. 수술에 수술을 거듭하며 수십 년을 지나왔지만 더 이상 회복하기 어려운 상태의 장애를 갖게 되었다. 망가진 눈을 포기하고 간신히 회복한 한쪽 눈으로 세상을 본다. 중심 잡기 힘든 다리도 스스로 인정했다. 그 누구를 원망해 본들 건강했을 때로 돌아갈 수 없다는 걸 알고 자신의 처지를 받아들였다. 예고 없이 덮친 생의 폭풍이 험난했지만 뒤늦게 감사하는 법도 배웠다. 한 사람의 인격체로 자신의 길을 살아내고 있다. 삶의 길에서 가장 어울리는 자리에 자리 잡은 개성 있는 한 그루 나무가 되었다.

태어날 때부터 장애를 지닌 여인이 있다. 뇌성마비 1급인 그녀는 평생 명에처럼 장애를 짊어져야만 했다. 자신을 위해선 손끝 하나 사용할 수 없는 절망, 다른 사람의 손길을 통해 삶을 유지했다. 행동은 자유롭지 못하지만 가슴에는 소박하고 아름다운 꿈을 품고 살았다. 그 꿈을

heart. Although their bodies are not free, their minds are clear as glass. Countless people wander around and straighten their fallen minds and establish their existence. They slowly enhance their dreams, revealing their lives hidden in the dark, and gradually regain their bright energy. They are illuminating their places by writing a story about a gloomy and painful life.

There is a person who wanted to play like Park Joo-young, who wanted to fly like a bird that split the wind. When he was in middle school, his legs were broken in an accident and glass was stuck in his eyes. After several decades of surgery, he had a disability that was difficult to recover from. He gave up his broken eyes and see the world with one eye that barely recovered. He also admitted that his legs were difficult to focus on. He accepted his situation, knowing that he could not go back to the time when he was healthy even if he had resented anyone. The storm of life that came unexpectedly was tough, but he also learned to be grateful later. He is living his own way as a person. He became a unique tree in the most suitable place on the path of life.

There is a woman with disability from birth. With first-grade cerebral palsy, she had to carry a disability like a yoke for the rest of her life. She had despair that he could not use one fingertip for herself. She maintained her life through the hands of others. Although her actions were not free, she lived with simple and beautiful dreams in her heart. She moved slowly towards that dream. She studied for the general equivalency diploma and graduated from high school. She

향해 천천히 나아갔다. 검정고시로 공부를 했고 고등학교를 졸업했다. 틈틈이 시도 지었다. 한 편의 시를 지을 때마다 온몸의 진액을 짜내야만 하는 창작의 고통을 즐겁게 받아들인다. 차곡차곡 모은 작품으로 생의 첫 시집을 출간했다. 굴곡진 모양이라도 자신의 처지에서 가장 아름다운 꽃을 피운 그녀는 견고한 한 점 도자기이다. 장애를 지녔어도 하고 싶은 소망을 이루는 일은 제 몫을 훌륭히 살아내는 삶이다. 자신의 생각을 표현해 시를 지으며 꿈은 이룰 수 있는 것을 보여주었다. 시간이 지날수록 내면의 빛을 드러내는 영혼의 빛이 곱다.

'팝니다. 아기 신발, 단 한 번도 신지 않았음.' 같은 세상에서 가장 짧은 헤밍웨이의 소설처럼 장애를 지닌 사람들의 삶은 무궁무진한 울림이 있다. 숨 쉬고 있음에 살아 있는 생명, 휘어지고 망가져 찌그러졌다 할지라도 각자의 모양대로 세상에 없는 글의 집을 짓는다. 아무도 따라 할 수 없는 창조적 내면의 울림이다. 세상에 태어난 사람은 어느 하나 소중하지 않은 목숨이 없듯이, 장애를 지닌 그들도 귀하디귀한 생명이다. 있는 그대로 자신의 자리를 밝히고 있는 사람들, 한 사람의 소중한 개체로서 독특한 자기만의 무늬를 그리며 살아간다. 가슴 깊이 눌려있던 생의 고달픔을 감성의 노래로 창작해 내고 있다. 글을 쓰며 반짝이는 기지로 슬픔을 승화시키고 있다.

선천적 또는 후천적으로 불쑥 다가와 한순간 불편해지는 삶, 지옥 같은 고통의 순간에도 그들의 피는 붉다. 장애를 가진 사람들은 자신이 할 수 있는 일이 일부분에 지나지 않는다는 걸 안다. 숨 쉬는 일, 떠 먹여

wrote a poem from time to time. She happily accepted the pain of creation that has to squeeze out the essence of his body every time she wrote a poem. She published her first collection of poems as a collection of works. Despite her curved shape, she is a solid piece of pottery, which produced the most beautiful flowers in her situation. Even if she has a disability, fulfilling her wishes is a life where she does her part well. By expressing her thoughts and writing poetry, she showed that dreams could come true. As time passes, the light of the soul that reveals the inner light is beautiful.

'For Sale: Baby shoes, never worn.' Like Hemingway's short story in the same world, the lives of people with disabilities resonate endlessly. Living life because of breathing! Even if it is bent, broken, or crushed, it builds houses of writing that do not exist in the world in its own shape. It is a creative inner resonance that no one can imitate. Just as no one born into the world has a life that is not precious, people with disabilities are also precious lives. People are illuminating their place as they are. As a precious individual of one person, they live by drawing their own unique patterns. She is creating emotional songs about the hardships of life that was deeply pressed into her heart. As she writes, she sublimates sadness with her sparkling wit.

Their blood is red even in moments of pain like a hell, It is a life that comes innately or learnedly all of a sudden and becomes uncomfortable. People with disabilities know that they are only part of what they can do. Breathing, taking a spoonful of food from a spoon, staggering, or making a slurred expression. They think more deeply.

주는 한 숟가락의 음식을 받아 먹는 일, 비틀거리며 걷거나 어눌하게 의사를 표시하는 일 등이다. 그들은 더 깊이 생각한다. 더 간절히 노래하고 더 크게 웃는다. 흔들며 걷는 모습은 더 많이 흔들리는 사람의 희망이며, 한 발짝도 떼지 못하는 사람의 꿈이기도 하다. 축구 선수처럼 뛰지 못해도 힘들고 고달픈 삶을 의연하게 이겨 내는 글을 창작하며 마음껏 날아오르고 있다. 있는 그대로가 전부인 삶, 세상이라는 큰 옷에 기대어 사는 그들은 세상에 가장 잘 어울리는 꽃이고 단추이다.

They sing more earnestly and laugh loudly. The shape of walking with shaking is the hope of those who shake more and the dream of those who cannot take a single step. Even if she can't play like a soccer player, she is flying freely. She writes a poem that resolutely overcome the hardships and suffering of life. They are the flowers and buttons that match well with the world. They live on the big clothes of a life where everything is what they are.

축,
생일

누구에게나 생일은 있다. 어머니 몸에서 세상으로 나와 숨 쉬게 된 날은 고통과 기쁨이 동반하는 생일이 된다. 부서지는 듯한 산고의 통증을 이겨내고 만나는 새 생명의 탄생은 생애 가장 큰 축복이기도 하다. 산모나 아기에게 더없이 소중한 날이기에 축하를 받고 축하를 한다. 4계절은 사람들의 탄생일로 가득하다. 사람은 많고 날짜는 한정되어 있어 같은 날 축일을 맞는 사람도 부지기수다. '겨울에 태어난 아름다운 당신은'으로 시작하는 노래를 자주 부른다. 겨울의 한복판에 생일이 있기 때문이다. 그날이 되면 넘치는 축하에 삶이 행복하다.

겨울이면 봄 같은 날씨의 이국으로 간다. 매년 샌디에이고 딸 집에서 한 달 정도 머무는 때 생일을 맞이하게 된다. 햇살이 퍼지고 새들의 노랫소리가 청량한 아침, 잠에서 깨어 방문을 여는 순간 바나나에 촛불을 꽂고 딸과 사위, 손녀가 다가왔다. "Happy Birthday 엄마, 장모님, 할머니" 신선한 매일의 즐거움으로 생일을 잊고 있었는데 일깨워 준다. 가

congratulations on
your birthday

Everyone has a birthday. The day that you came from your mothers' body and breathe in the world becomes a birthday accompanied by pain and joy. The birth of a new life through overcoming the crushing pain of birth pangs is also the greatest blessing in life. Because it is the most precious day for mothers and babies, congratulations and congratulations. The four seasons are full of people's birthdays. There are many people and the dates are limited, so many people celebrate the same day. I often sing a song named 'Beautiful you born in Winter'. because I have a birthday in the middle of winter. On that day, my life is happy with overflowing celebrations.

In winter, I go to a foreign country with spring-like weather. Every year, I celebrate my birthday when I stay at my daughter's house in San Diego for about a month. In the clear morning when the sun was shining and the birds were singing, I woke up and opened the door. My daughter, son-in-law and granddaughter approached me with a

족이 불러주는 생일 축하 노래를 들으며 뭉게구름처럼 행복이 피어난다. 서로 사랑하며 예쁘게 사는 모습이 고마운데 생일을 잊지 않고 챙겨주는 자식, 감동이다.

점심에는 시푸드 레스토랑Seafood Restaurant에 갔다. 신선한 해산물 요리가 주 메뉴인 이곳은 태평양 바다를 곁에 두고 있어 유명하다. 옆에는 약 5만 톤급 항공모함 미드웨이호USS Midway가 박물관으로 개장해 바다에 떠있고, 세계적으로 유명한, 해군 병사와 간호사의 키스 동상Embracing Peace이 세워져있는 곳이다. 사연 많고 아름다운 곳에서 싱싱한 굴 요리를 시작으로 맛있게 식사를 했다. 잠시 후 Happy Birthday가 쓰여 있는 접시에 촛불이 켜진 작은 케이크가 앞에 놓인다. '엄마, 장모님, 할머니 생일축하해요.' 생일을 맞는 사람에게 특별히 축하하는 서비스가 주어졌다. 새삼 삶이 이렇게 행복할 수 있구나 하고 생각했다.

어린이 놀이터에서 한참을 놀았다. 모처럼 엄마, 아빠, 할머니가 있으니 손녀는 무척 기분이 좋아 보인다. 이것저것 놀이기구를 타고 노느라 시간가는 줄 모른다. 해가 설핏 기운다. 레이지 도그Lazy DOG란 음식점에 갔다. '게으른 개'라는 뜻의 이름을 음식점 간판으로 한 이유가 궁금했다. 한국의 청산도처럼 느림의 미학을 의미하며 느긋하고 여유 있게 사는 뜻이 담겨 있다고 한다. 스테이크와 버섯요리, 피자 등으로 배를 채우고 나자 후식이 나왔다. 아이스크림 위에 촛불이 켜 있다. 역시 이곳에서도 "사랑하는 할머니 생일 축하합니다." 노래가 불려졌다. 자식 낳은 기쁨이 분에 넘치게 안긴다.

candle a banana. "Happy Birthday, Mom, Mother-in-law, Grandma."
It reminds me on I forget my birthday with fresh daily pleasures. As
I listen to the happy birthday song sung by my family, happiness
blooms like a cloud. I am grateful for loving one another and living
a beautiful life. I'm moved by my daughter who does not forget my
birthday and takes care of me.

For lunch, I went to Seafood Restaurant. Fresh seafood is the main
menu here, and it is famous because this restaurant faces the Pacific
Ocean. Next to it, the US Midway, a 50,000-ton aircraft carrier, was
opened as a museum and it is floating in the sea, and there is a world-
famous statue of a naval soldier and a nurse kissing. I had a delicious
meal with fresh oysters in a beautiful place with many stories. After a
while, on a plate with a letter of happy birthday written on it, a small
cake with a lit candle is placed in front of it. 'Happy birthday to my
mother, mother-in-law, and grandmother.' A special congratulation
service was given to those who had a birthday. I thought once again
that life could be so happy.

We played for a while in the children's playground. The
granddaughter seems very happy because she has a mother, father,
and grandmother. I don't know how time flies riding on rides. the
sun is slowly setting. I went to a restaurant called Lazy Dog. I was
curious as to why the name, meaning 'lazy dog', was chosen for the
signboard of the restaurant. Like Cheongsan island in Korea, it means
the aesthetics of slowness, and it is said to contain the meaning of
living leisurely. After filling my stomach with steak, mushroom dishes,

해가 져서야 집에 도착했다. 실내용 옷으로 갈아입고 거실에 나가자 언제 준비했는지 큰 케이크에 나이만큼 초가 꽂혀 있다. 불을 밝히고 노래를 부른다. 노래를 부를 때마다 제일 좋아하는 손녀, 생일 축하노래는 아이들의 마음에 더없는 행복을 안겨준다. 와인을 곁들인 케이크 한 조각을 먹으며 대화를 나눴다. 건강을 빌고 지난날을 추억하며 앞으로의 삶을 계획했다. 하루에 네 번의 축하를 받았다. 내가 태어난 날은 내 어머니가 나를 출산한 날이기도 하다. 이 세상에 태어나 축하를 받고 기뻐할 수 있게 해 주신 부모님이 고맙고 그립다. 복된 축일을 지내며 어머니의 생신에 얼마만 한 행복을 드렸는지 생각했다.

생일은 길고 긴 기다림 끝에 어두운 터널을 벗어나 얻게 된 날이다. 애초 없던 씨앗이 생명을 얻어 이 세상을 살아갈 수 있게 되었으니 소중하다. 쉽게 만나기도 하지만 누군가는 그 한 생명을 얻기 위해 수많은 고뇌와 눈물을 쏟아낸다. 심혈을 기울인 기다림 끝에 만나게 된 생명은 얼마나 귀한가. 온갖 비바람 몰아치고 천둥번개가 겁을 주어도 돌보아 준 손길이 있고, 살아가면서 부딪쳐야 하는 생의 고락을 이겨냈기에 주어지는 특별한 날이다. 죽을힘을 다해 만들어진 생일이기에 태어난 모든 생명은 축복받아야 한다. 원 없이 축하를 받은 날, 생의 아름다움을 본다. 세상에 태어난 모든 사람은 어떠한 힘겨움이 있다 할지라도 생일이 있기에 꿋꿋하게 살아야 한다.

21세기인 요즘 날짜와 시간을 정해서 태어나게 하는 경우도 있지만 대개는 본의 아니게 생일이 주어진다. 탄생이라는 이름에 단짝처럼 따

and pizza, dessert came out. Candles are lit over the ice cream. Also here, "Happy birthday, dear grandmother." A song was sung. The joy of having a child overflows with joy.

I arrived home only after sunset. When I changed with indoor clothes and went out to the living room, there were candles as old as my age on a large cake that I had prepared. They Turn on the lights and sing Every time they sing, my favorite granddaughter's, happy birthday, brings supreme happiness to the hearts of her. We ate a piece of cake with wine and chatted. I prayed for health, remembered the past, and planned for the future. I received four congratulations in one day. The day I was born is also the day my mother gave birth to me. I am thankful and I miss my parents who made it possible for me to be born into this world and to be congratulated and rejoiced. As I celebrated my birthday, I thought about how much happiness I brought to my mother's birthday.

Birthday is the day we got out of the dark tunnel after a long wait. It is precious because a seed that did not exist in the first place can live in this world by gaining life. They meet easily, but someone pours out a lot of anguish and tears to get that life. How precious is the life you have come across after a lot of painstaking waiting. It is a special day given because there is a helping hand to take care of you even when all kinds of rain and wind and thunderstorms frighten you, and you have overcome the hardships of life that you have to face in life. Since it is a birthday made with all its might, all lives born should be blessed. I see the beauty of life on the day I received a celebration without a

라붙는 생일은 존재의 옷을 입은 날이다. 세상에 살며 누리던 생일은 또 다른 세상을 향해 떠나며 기념일로 바뀐다. 가톨릭 성인들은 세상을 떠난 날이 축일이 된다. 이 세상에 태어난 생일은 없어지고 새 세상으로 건너간 축일만 남는다. 죽음은 곧 새로운 생명을 의미하기 때문이다. 태어날 때 선택해서 받지 않았듯 그날도 선택할 자유는 없다. 봄이든, 여름이든, 가을이든, 겨울이든 주어지는 대로 받아야 한다. 이 세상에서 누린 생일의 기쁨처럼 저 세상으로 건너가는 날도 축복의 날이었으면 좋겠다. 축 생일, 새로운 세상의 문이 열리는 날, 또 다른 기쁨이 찾아올 것을 소망한다.

circle. Every person born into this world, no matter how difficult it may be, has a birthday, so we have to live steadfastly.

Nowadays, in the 21st century, there are cases in which a child is born by setting a date and time, but in most cases, the birthday is given unintentionally. A birthday that follows the name of birth like a best friend is the day you put on the clothes of existence. A birthday that you enjoyed living in this world turns into an anniversary as you leave for another world. Catholic saints are celebrated on the day they die. The birthdays that were born into this world are gone, and only the holidays that have passed to the new world remain because death means new life. Just as you were not born with a choice, you do not have the freedom to choose the day of death. Whether it be spring, summer, autumn, or winter, you should receive what you are given. Just like the joy of a birthday enjoyed in this world, I hope that the day we pass into the next world will be a day of blessing. Happy birthday! on the day the door to a new world opens, I hope that another joy will come.

깍두기

엄마는 깍두기다. 깍두기는 혼자다. 어디에도 속해 있지 않다. 짐짓 외로워 보이지만 어디에나 속할 수 있기에 괜찮다. 좌청룡 우백호가 있기 때문이다. 푸른 용과 함께하면 온전히 그 용에 소속되고 흰 호랑이와 함께 할 때면 온전히 호랑이와 하나가 되는 행운, 대박이다. 복권도 이런 복권이 없다. 자유로운 행복이다. 로또 복권은 숫자가 맞아야 하고 여간해서 당첨되기 어렵지만 깍두기는 언제나 당첨된다. 가장 적절한 당첨 번호를 몸에 지니고 있다. 엄마라는 이름의 깍두기는 행복하다.

소문난 맛집은 깍두기가 맛있고 설렁탕에는 깍두기가 최고의 궁합인 것처럼 두 딸에게 나는 맛있는 깍두기이다. 사위들에게는 최고의 장모, 손녀들에게는 최고의 할머니가 되어 사는 기쁨은 어느 것과 바꿀 수 없는 행복이다. 뚝 떨어져 혼자 살아도 혼자가 아니다. 푸른 용의 기氣와 흰 호랑이의 기氣를 한 몸에 받고 있다. 아침에 눈을 뜨면 온전한

46

cubed radish kimchi

Mom is like cubed radish kimchi. she is alone but doesn' t belong anywhere It seems lonely, but it's okay because she can belong anywhere. Because there is a left blue dragon and a right white tiger. When we are with a blue dragon, we belong to that dragon, and when we are with a white tiger, we become one with the tiger. There is no lottery like this. It is free happiness. In lottery tickets, the numbers must match and it is difficult to be chosen, but Cubed radish kimchi always chosen. She has the most appropriate winning number on her body. The cubed radish kimchi named Mom is happy.

Just as cubed radish kimchi is delicious at a famous restaurant and Cubed radish kimchi is the best match for ox bone soup, it is delicious cubed radish kimchi for my two daughters. The joy of being the best mother-in-law for son-in-law and the best grandmother for granddaughters is an irreplaceable happiness. Even if I live alone, I am not alone. I am receiving the energy of a blue dragon and the energy of a white tiger in my body. When I open my eyes in the morning, a

하루가 다소곳이 문을 열고, 하루라는 선물을 벅찬 감사로 시작한다. 어디서든 누구든지 함께할 여유가 있는 깍두기는 해가 있을 때 걸어야 한다. 눈부신 아침햇살인가 하면 쉽게 정오를 넘어가고, 설핏 기우는 빛은 어느새 저녁을 느끼게 하기 때문이다. 하루는 짧으면서도 길고 길면서도 짧다. 깍두기의 하루는 그렇게 지나가고 있다.

애어리염낭 거미는 자식이 태어나면 온몸을 파고드는 새끼에게 자신을 아낌없이 내어 준다. 먹이가 되어 주는 어미의 헌신적 사랑이다. 그 사랑을 먹고 새끼는 무럭무럭 자란다. 나도 자식들에게 나를 내어 준다. 나를 통해 이 세상에 태어난 자식들, 사랑이 필요하면 사랑을 먹여주고 도움이 필요하면 도움을 준다. 살아가는 데 필요한 선물이 되는 일은 즐겁고 기쁘다. 내가 먹혀 그들이 살 수 있다면 아까울 것이 없다. 자식은 자식의 인생이 있고 나는 나의 인생이 있지만, 푯대처럼 세운 내 인생에서 정성과 사랑을 주는 일은 어렵지 않다. 어느 날 찾아온 낯선 손님을 따라가기 전까지 자식들과 맺은 끈은 끊어지지 않는다. 애어리염낭 거미 새끼가 어미의 몸을 먹고살아있는 동안은 어미와 함께하듯, 내 자식들도 나의 사랑을 먹고살아있는 동안은 나와 함께 세상을 살아갈 것이기에 가치 있는 삶이다.

한국 딸 가족과 미국으로 가 직계가족이 모두 모인 적이 있다. 그때의 깍두기는 깍두기가 아니다. 중심이었다. 깍두기 없이 진행하는 일은 아무것도 없었다. 어느 한 곳에 치우치지 않고 중심이면서 하나가 되는 삶, 이 세상 모든 엄마는 엄마가 되는 순간 이 덕목으로 산다. 아프리카

full day opens the door modestly, and begins with the gift of a day with overwhelming gratitude. Cubed radish kimchi, which anyone can afford anywhere, should walk when the sun is shining. It is because the dazzling morning sunlight easily passes noon, and the slowly waning light makes me feel the evening. A day is short and long and long and short. A day of cubed radish kimchi is passing like this.

When a child is born, the yellow sac spiders generously sacrifice themselves to the young that digs into their body. It is the devoted love of a mother who becomes food. Feeding on that love, the young grow up quickly. I also give myself to my children. The children born into this world through me, when they need love, I feed them love, and when they need help, I give them help. Being a gift necessary for life is fun and joyous. If I am eaten and they can live, there is nothing to waste. Children have their own lives and I have my own life, but it is not difficult to give sincerity and love in my life that I set as a goal. The bond with my children is not broken until I follows a stranger who comes one day. It is a valuable life because, just as the spider cubs feed on their mother's body and stay with their mother for as long as they live, my children will also eat my love and live with me as long as they live.

There was a time when my daughter's family in Korea and her immediate family all went to America. cubed radish kimchi at that time was not Cubed radish kimchi. it was the center, Nothing went without cubed radish kimchi. A life that is not biased toward any one place and becomes the center and one. All mothers in the world live

반투족의 말 우분투Ubuntu 는 '우리가 있기에 내가 있다'는 뜻이다. 우분투 정신은 더불어 함께하는 삶이다. 엄마는 우분투 정신으로 사는 사람이다. 혼자 있어도 혼자가 아닌 사람, 이쪽에도 힘을 실어주고 저쪽에도 힘을 실어주며 똑같이 사랑을 주는 복된 자리이다. 이곳에도 내가 있고 그곳에도 내가 있다. 양쪽의 힘이 실리고 있기에 매일이 신선하고 즐거운, 깍두기의 하루는 행복하다.

by this virtue the moment they become mothers. The African Bantu word ubuntu means 'I am because we are'. The Ubuntu spirit is living together. Mother is a person who lives with the spirit of Ubuntu. She is a blessed person to give love to people who are not alone. Even if they are alone, she give strength to one side as well as strength to the other side. I am here and there I am. Because the power of both sides is loaded, every day is fresh and enjoyable, and a day of cubed radish kimchi is happy.

달빛
속의
풀

겨울 끝자락, 내게 불어온 바람은 매서웠다. 한 번도 맛보지 못한 혹독한 눈 폭풍이었다. 삶의 의미는 사라지고 추락한 바닥에서 꼼짝 못하는 물체 하나로 남아 있을 뿐이었다. 한동안 눈을 뜰 수 없어 흘러내리는 눈물로 살아 있음을 대신했다. 사람이 당하는 고통의 크기가 얼마만 해야 정신을 놓을까. 사별의 충격은 살아있는 사람 하나를 바닥으로 추락하게 했고, 생사의 숨은 얼굴을 직시하게 했다. 오랜 시간 바닥에 쓰러져 껍질을 벗었다. 해가 바뀐 뒤에야 뿌리 하나하나를 일으켜 세우며 소진했던 기운을 찾아 서서히 일어서기 시작했다. 달빛이 손을 잡아 주었다.

텅 빈 집, 귀에 익은 발소리는 들리지 않고 낯익은 목소리도 사라졌다. 함께 울고 웃으며 마른일 궂은일에 같이 했던 남편의 죽음이 사실이 아닌 듯하다. 병원을 찾은 지 일주일 만에 떠난 그의 부재는, 세상에 믿을 수 없는 일이 있다는 걸 체험하게 했다. 낮은 낮대로 밤은 밤대로

Grass
in
a moonlight

At the end of winter, the wind that blew to me was bitter. It was a severe snow storm I had never felt before. The meaning of life disappeared and there is only one thing that is stuck on the floor that I fell. I couldn't open my eyes for a while, so I replaced my living with the flowing tears. How big is the amount of pain a person is going through in order to relax his or her mind? The shock of bereavement made a living person fall to the floor and face the hidden face of life and death. It fell to the floor for a long time and peeled off the skin. It was only after a year passed that I started to stand up slowly in search of the energy that had been exhausted by raising a root one by one. The moonlight took me by the hand.

The empty house, the familiar footsteps could not be heard, and the familiar voice disappeared. It seems that the death of my husband, who cried and laughed together on good and bad days, is not true. His absence, who left after a week after visiting the hospital, made me experience that there were unbelievable things in the world. The day

낯설었다. 넋을 놓고 맥없이 앉아 있을 때 달이 환한 얼굴을 내보인다. 발코니에 앉아 하늘을 본다. 무수한 사람이 죽음의 선을 넘었고 앞으로도 계속될 것이라고 말한다. 거역하지 못할 순리라는 가르침 앞에 어떻게 살아야 할지 생각해야 했다.

사별의 벼랑을 기어올라 겨우 경사진 비탈에 섰다. 아직도 비스듬하다. 이만큼 서기까지 달은 제 빛을 나누어 주었다. 스스로 몸을 깎아 죽음에 이르는 모양을 보여 주었고, 칠흑의 하늘에 얼굴을 내밀어 조금씩 살을 불리며 다시 살 수 있다는 것도 보여 주었다. 죽음은 슬퍼할 일만은 아니라는 것을 가르쳐 주며 따뜻한 위로를 뿌려주었다. 눈물도 물들이는 달빛을 받으며 하루하루 정신을 차렸다. 약 37년 동안 함께 살아온 남편, 그의 자리가 얼마나 컸는지 깨달았다. 한 가정을 이룬 부부의 삶이 얼마나 축복된 삶이었는지 알게 했다.

현관 가까이 오래된 살구나무가 있다. 남편은 그 아래 벤치에 앉아 봉숭아 꽃잎처럼 다닥다닥 매달린 푸른 열매를 즐겨 보곤 했다. 익고 익어 더 이상 견딜 수 없을 때 살구는 볼그스름한 몸을 툭툭 떨어뜨린다. 개미들이 분주하게 들랑거리는 것은 제쳐 두고 풀 위에 막 떨어진 흠집 없는 것을 골라 속살만 발라먹곤 했다. 희망처럼 든든하게 서 있는 살구나무 아래서 편안하던 모습, 함께 앉아 친인척 애경사와 소소한 일상의 이야기를 나누기도 했다. 매일이 특별하지 않게 지나가는 중에 가끔 손녀로 인해 축제 분위기에 쌓여 즐거워하던 그의 얼굴이 눈에 선하다.

and the night was as unfamiliar to me. The moon shows a bright face when I sit down helplessly. I sit on the balcony and look at the sky. Many people say they crossed the line of death and will continue from now on. I had to think about how to live in front of the teaching that was impossible to disobey.

I climbed the cliff of bereavement and finally stood on a steep slope. I am still slanted. Until it stood to this degree, the moon shared its light. It showed its shape to die by cutting itself off, and showed that it could live again by showing its face to the pitch-black sky little by little. It taught me that death is not something to be grieved over and gave me warm comfort. I recovered my senses day by day under the moonlight that dyed my tears. My husband, lived with me for about 37 years. I realized how big his place was. It made me realize how blessed the life of a couple who formed a family was.

There is an old apricot tree near the front door. My husband used to sit on the bench under it and enjoy the blue berries that were clustered together like petals of garden balsam. When it became ripe and ripe and can't stand it any longer, the apricot drops its reddish body. Putting aside the busy ants roaming around, I would choose an unblemished one that had just fallen on the grass and eat only the flesh. He looked comfortable under an apricot tree, standing strong like hope. He sat down, talked about the happy and sad things of relatives and small daily stories. As every day passes without a special effect, he was happy with his granddaughter surrounded by festive atmosphere. his happy face is fresh in my memory.

남편을 잃고 나니 구겨져 버려진 종이처럼 서러웠고, 모든 일을 혼자 결정해야 하는 부담이 컸다. 두 딸과 사위 둘이 힘이 되어 주었지만 남편의 자리는 비었다. 그 무엇으로도 채워질 수 없는 허무의 자리로 남았다. 오랜 시간 함께 지낸 정은 시간이 지나도 잊혀지지 않는다. 삶의 세계를 떠나 죽음의 세계로 간 사람, 보이지 않는다고 사라진 게 아니다. 생명력 질긴 풀처럼 그는 내게 살아있다. 깊이 자리 잡은 뿌리로 그리움이라는 낙관을 찍은 사람, 바람 불고 비 오는 쓸쓸한 날에도 부드러운 그의 가슴에 나를 쉬게 한다. 휘영청 밝은 달밤에도 그 품에 마음을 기대게 한다. 세상일이 바빠 잊을 때면 잠시 누웠다가 기어이 고개 들어 존재를 확인시킨다. 한번 들어앉은 자리는 변함이 없다.

언제까지 비감한 마음을 지니고 살 수는 없었다. 살아있는 사람 누구나 비껴가지 못할 죽음이라면, 그 부름이 오기 전까지 감사하며 행복하게 살아야 하지 않은가. 정지용 시인은 시 「호수」에서 '얼굴 하나야 손바닥 둘로 폭 가리지만/ 보고 싶은 마음 호수만 하니 눈 감을 밖에'라고 했다. 눈 감으면 나을까 하고 눈을 감아 보아도 떠난 사람을 향한 마음은 잠재울 수 없었다. 오히려 그리운 얼굴이 떠올라 보고 싶은 마음이 걷잡을 수 없이 커졌다. 지나간 달력 떼어 내듯 떼어 낼 수 없는 보고픔이라면 그냥 지니고 살 수 밖에 없다. 나를 지탱시켜주는 70%의 생명수처럼 남편은 내 가슴에 뿌리내린 풀이 되었다. 즐거운 일에 같이 즐거워하고 기쁜 일에 같이 기뻐하며 그냥 같이 살아야겠다.

만월이다. 밝은 빛을 내뿜는 달을 눈동자에 담는다. 고요하면서도 화

After losing my husband, I felt sad like crumpled and discarded paper, and the burden of having to decide everything on my own was great. My two daughters and my son-in-laws gave me strength, but my husband's place was vacant. It was left as a void that could not be filled by anything. attachment which a had been together for a long time, is not forgotten as time passes. He is person who left the world of life. He went to the world of death. He does not disappear though I can't see him. He is alive to me like a vital grass. He is a person who stamped the signature of missing with deep-seated roots, his soft heart gives me rest even on lonely days when the wind blows and rains. Even on a brightly moonlit night, makes me lean in his arms. When I forget him because I am busy with many things, he lies down for a while and then raises his head to confirm his existence. Once seated, there is no change.

I couldn't live with a wretched heart forever. If it is death that all living people cannot escape, shouldn't I live happily and thankfully until the call comes? Poet Jeong Ji-yong said in his poem 'The Lake', 'I cover my face with two palms, but my mind to see her is as big as a lake, so I close my eyes'. I closed my eyes because I thought it would be better to do so. but the longing for the face came to mind, and the desire to see him grew bigger uncontrollably. If it is a treasure that cannot be removed like a calendar that passed, have no choice but to live with it. Like life water of 70% that sustains me, my husband became the grass that took root in my heart. I should rejoice together in pleasant things and just live together.

려한 달의 말이 가슴으로 스며든다. 쓰러져 누울 때마다 손잡아 일으켜 준 빛은 생의 흐름을 지긋이 바라보게 했다. 흐르며 변화하는 삶은 자연스러운 것이고, 죽음과 삶의 경계는 그리 멀리 있지 않다고 마음을 다독였다. 아직도 불쑥 솟기를 자주하는 눈물샘을 말려주면서 공허한 가슴에 빛을 채우라고 한다. 그의 말대로 팔 벌려 달을 품에 안았다. 오래 휘청이던 한 포기의 풀이 깊은 호흡을 한다. 감은 눈두덩으로 쏟아지는 빛, 그 속에 떠나간 풀의 모습이 환하다. 벅찬 위로가 온몸을 감싼다. 볼을 타고 흐르는 두 줄기의 눈물은 그리움이며 행복인 눈물인지도 모른다.

같은 듯 같지 않은 하루, 매일의 삶은 예측할 수 없다. 오래 함께했던 사람이 떠나기도 하고 눈물로 떠나보내기도 해야 한다. 사연 많은 매일은 폭죽이 터지기도 하고 때론 폭탄이 터지기도 한다. 짓궂은 인생에 울고 웃는 단막극이다. 운명을 거스를 수는 없지만 운명에 대처하는 마음 자세는 바꿀 수 있지 않을까 생각한다. '원하는 감정은 받아들이고 원하지 않는 감정은 버림으로써 감정의 주인이 된다'는 작가 에릭 메이슬의 가르침을 가슴에 새기며 현실을 직시한다. 그는 갔고 나는 남아 있다. 우리 헤어졌지만 다시 만나리라는 희망을 버리지 않는다. 익숙하지 않은 하루가 익숙한 하루로 건너가고 있다.

It's a full moon I put the moon emitting bright light into my eyes. The quiet and colorful words of the moon seep into my heart. Every time I fell down and lay down, the light that raised me up made me look at the flow of life. Flowing and changing life is natural, and the boundary between death and I comforted myself by thinking like this. Life is not so far away. He tells me to fill the empty mind with light while drying the tear glands that still spurt frequently. As he said, I opened My arms and embraced the moon. The grass of head, which was swaying for a long time, breathes deeply. The light pouring through my closed eyelids, in which the shape of grass that left is bright. An overwhelming comfort wraps around my body. The two streams of tears flowing down the cheeks may be tears of longing and happiness.

A day that is same and not same. Every day life is unpredictable. Someone You spent with for a long time leaves, and sometimes you have to let him or her go with tears. Every day with many stories marks firecrackers explode and sometimes makes bombs explode. It's a one-act play where you cry and laugh about your miserable life. We can't go against fate, but I think we can change our mind set to deal with it. I faces reality while keeping in my heart the teaching of author Eric Meisel, You become the master of your emotions by accepting the emotions you want and discarding the emotions you do not want. He dies and I remain. Although I broke up with him, I never give up hope that I will meet again. An unfamiliar day is crossing to a familiar day.

밀랍 인형

⌣

한쪽 벽을 바라본다. 집착들이 빼곡하다. 벽 전체에 짜 맞춘 책장에는 손바닥 크기의 인형으로 채워져 있다. 가슴에 품었던 형상을 하나둘 모을 때만 해도 취미려니 생각했다. 그저 얽매인 시간 속에 숨통 트는 일이거니 했다. 시간이 지날수록 그의 집착은 빠져 나올 수 없는 수렁이 되어 잠겨 들었다. 탐닉이었다. 주위를 둘러보지 않고 사로잡힌 걸음, 어디를 향한 걸음이었을까. 그만의 목표점은 어디였을까. 어느 날 홀연히 떠난 사람을 생각한다.

중소기업에 몸을 담은 남편은 영혼이 빠져 나간 듯 한쪽으로 치우친 생활을 했다. 회사에 뼈를 묻겠다는 뜻이다. 자신을 희생해 회사를 살리겠다는 결심이기도 했다. 밤낮없이 투신한 덕에 직급이 올라갔다. 하숙집 같은 집에서 잠깐 눈을 붙이고 새벽이면 직장으로 나가며, 조금만 기다려 소리를 밥 먹듯 했다. 아무 친인척 없는 허허벌판에서도 열심히 살면 성공한다고 입버릇처럼 말했다. 수십 년 시간이 지나면서 그는 기

Wax figure

I look at one wall. Obsessions are abound. The bookshelves adjusted to the entire wall are filled with palm-sized dolls. I thought it would be a hobby only when I collected the images I had in my heart one by one. I thought it was just a matter of breathing in the entangled time. As time passed, his obsession became a pit from which he could not escape. It was an addiction. I was caught walking without looking around, where was it headed? Where was his goal? I think of someone who suddenly left one day.

My husband, who worked for a small business, lived a life that leaned toward one side as if his soul had been lost. It means burying his bones in the company. It was also the decision to sacrifice himself to save the company. Because of his dedication during day and night, his rank has rose. In a house like a boarding house, he closed his eyes for a while, went to work at dawn, and would tell to wait for a while to eat. He said like a habit that he would succeed if he worked hard even in a deserted field with no relatives. As the decades passed, he became

어이 간부가 되었고 해외 출장을 담당하게 되었다. 그때부터 사 모으기 시작한 밀랍 인형은 그의 편력이 되었다.

미국 출장에서 제일 처음 사 온 인형은 카네기였다. 크기는 작았지만 디테일이 살아있어 실제로 200년 전의 사람을 마주하고 있는 듯했다. 남편이 카네기 밀랍 인형을 처음으로 결정한 이유는 한가지이다. 자신처럼 밑바닥에서 맨손으로 시작하여 억만장자가 된 그의 길을 따라가고 싶어서다. 미국 강철 시장을 석권한 강철왕 카네기가 일생 번 돈을 죽기 전에 좋은 일에 사용했다는 철학을 따라 자신도 그렇게 박애주의자로 살겠다는 꿈을 지니고 있는 것이다. 꿈꾸는 대로 바라보고 소원하면 이뤄진다는, 바라봄의 법칙을 철저히 믿는 남편은 틈만 나면 카네기와 눈을 맞췄다.

두 번째 만난 인형은 스티브 잡스였다. 그 역시 남편의 마음을 흔든 이유가 있다. IT계의 무한한 도전을 부르짖는 잡스가 꿈의 세계를 현실로 옮겨 주었다는 것이다. 자신이 어렸을 때 공상과학영화를 보며 가졌던 꿈을 잡스가 현실에서 이루게 해 주었다는 것이다. 그렇게 이유를 붙여가며 하나 둘 인형 숫자는 더해갔고 세계 각국의 인물들이 모여들었다. 직접 사 오기도 했지만 주문해 배달되는 일도 있었다. 소크라테스, 간디, 잔 다르크, 나이팅게일, 반기문 유엔사무총장 등 생생한 모습을 대할 수 있는 기회는 늘어났다.

매릴린 먼로가 집에 오는 날이다. 배달되어 온 인형을 보는 순간 남편의 눈은 광채가 났다. 손바닥에 올려놓고 한참을 들여다보다가 책장

an executive in the end and was in charge of overseas business trips. From then on, wax dolls, which he began to collect, became his ally.

The first doll he bought on a business trip to the United States was Carnegie. Although it was small, the details were alive and it was as if I actually faced a person 200 years ago. There is one reason why my husband first decided on a Carnegie wax figure. He wanted to follow his path to become a billionaire, starting from the bottom up like himself. He dreamed of living as a philanthropist, following the philosophy that Carnegie, the steel king who dominated the American steel market, used his life's money for good things before he died. My husband, who thoroughly believed in the law of seeing that dreams come true and that dreams come true. My husband made eye contact with Carnegie whenever he had a chance.

The second doll he met was Steve Jobs. It also had a reason to shake my husband's heart. It is said that Jobs, who cried out for endless challenges in the IT world, brought the dream world into reality. He said that Jobs made the dream he had when he was a child watching science-fiction movies come true. One by one, the number of puppets increased, and people from all over the world gathered. He bought it himself, but there were also cases where it was ordered and delivered. The opportunity to see the live figure of Socrates, Gandhi, Jeanne d'Arc, Nightingale, and UN Secretary-General Ban Ki-moon, etc. increased.

It's the day Marilyn Monroe comes home. The moment my husband saw the delivered doll, he had a glow in his eyes. I put it on the palm of

열두 번째 자리에 줄을 맞춰 놓았다. 그날 밤, 그는 어딘가 취해 있었다. 외계를 떠도는 환각 상태처럼 나를 잡고 놓아주지 않았다. 최면에 걸린 듯 몽환적인 상태로 트랜스된 한 마리 짐승이었다. 밤은 없었다. 내일을 위한 휴식도 없었다. 먼동이 틀 때까지 굿판이 이어졌을 뿐이다.

나는 하나의 인형이 되어가고 있었다. 백야 같은 밤이 지나고 나면 진종일 자리에서 일어나지 못했다. 아무리 힘들어도 출근하는 일을 목숨처럼 지키는 남편은 멀쩡하게 회사를 향했다. 밀랍 인형을 모으기 시작하면서부터 현재를 살지 않는 사람처럼 변해가는 그는 다정다감하고 성실하던 모습은 점차 사라지고 이상의 세계를 떠도는 눈빛이 되어갔다. 인형과 대화를 나누며 그 삶에 빙의되어 웃기도 하고 울기도 했다. 그는 수백 년의 시간을 넘나들며 시대를 초월한 삶을 살았다.

인형에 대한 집착은 멈추지 않고 달렸다. 자식과 아내는 현실과 공상의 세계를 오가는 그를 끌어내지 못했다. 그는 오직 밀랍 인형 생각밖에 없었다. 허상의 삶이 현실이고 현실이 허상이 되어갔다. 그러면서도 직장에서는 갈수록 인정받았다. 현명한 그의 처세는 사회에서 없어서는 안 될 사람으로 승승장구했다. 그러나 어느 날 단칼에 무 자르듯 직장을 그만둔 남편은 하루 종일 인형들 속에서 살았다. 아흔일곱 번째 인형 마더 테레사가 도착했다. 97이라는 숫자가 되기까지 인형의 집에서 남자는 인형이 되어 갔다.

출근할 일이 없는 남편은 인형과 함께 지냈고 가끔 밖에 나가 개천가를 걷다가 오곤 했다. 그가 부스스 일어나 아흔일곱 번째 인형을 가슴

my hand, looked at it for a while, then lined up on the twelfth seat of
the bookshelf. That night, he was somewhere drunk. He held me like
a hallucination floating in outer space and did not let me go. He was a
beast transformed into a dreamy state as if under hypnosis. There was
no night. There was no rest for tomorrow. A ceremony for exorcism
only continued until the dawn came.

I was becoming a doll. After a night like a white night, I couldn't get
up from my bed all day long. No matter how hard it was, my husband,
who kept his work as if it were his life, went to the company without
problems. From the moment he started collecting wax dolls, he
changed like a person who did not live in the present. While talking
with the doll, he was possessed by that life, laughing and crying. He
lived a life that transcended time crossing hundreds of years of time.

His obsession with dolls did not stop running. His children and his
wife could not bring him back and forth between the real world and
the fantasy world. He could only think of a wax figure. The life of an
illusion became reality, and reality became an illusion. Still, he was
increasingly recognized at work. His wise conduct of life made him an
indispensable person in society. However, my husband who quit his
job one day like cutting white radish with a single knife lived among
the dolls all day. The ninety-seventh doll Mother Teresa arrived. In the
doll's house, the man became a doll until he became the number 97.

My husband, who never had to go to work, stayed with dolls, and
sometimes he would go out and walk along the brook. He got up
and left with the ninety-seventh doll in his chest. When a new doll

에 품고 나간다. 새로 인형이 오면 일주일 정도는 수시로 눈을 맞추며 대화를 나누는 습관이 있다. 해는 중천을 한참 넘었고 저녁에 다다르기에는 이른 시간이다. 나는 소파에 앉아 화초 위에서 반짝이는 햇살을 보고 있었다.

손전화가 울린다. 옆에 있던 전화를 귀에 대자 높은 톤의 음성이 들려왔다. 남편의 이름을 확인하고 난 후 교통사고로 병원에 가고 있으니 병원으로 오라는 것이었다. 번갯불에 놀란 나의 눈이 화등잔만 해져서 무엇을 어떻게 해야 할지 잠시 정신이 없었다. 순간 전화한 남자가 알려준 병원으로 가는 것이 우선이다 싶어 달려갔다. 병원에 도착하자 남편은 막 집중치료실에 들어갔다고 말하며 간호사가 봉투 하나를 건네준다.

집중치료실 앞에서 기다리며 열어본 봉투에는 집을 나설 때 남편이 가슴에 품었던 인형이 있었다. 아흔일곱 번째 인형 마더 테레사는 한쪽 눈으로 내 눈을 응시했다. 비우면서 살아가는 삶의 태도를 보여준, 가난 속에서 하느님을 알아보고 예수를 만난 성녀가 말한다. '어제는 갔고 내일은 아직 오지 않았습니다. 우리는 하루하루를 우리의 마지막 날인 듯이 살아야 합니다.'

남편을 만나게 해달라고 간호사에게 애걸한 끝에 잠깐 만남이 이루어졌다. 집중치료실에 들어가 두리번거리자 이름과 신원을 확인한 후 침대 위치를 알려 준다. 그곳에는 만신창이로 부서진 한 사람의 처참한 모습이 있었다. 알아볼 수 없이 일그러진 생명이 하얀 시트 위에 인

arrived, he had a habit of making eye contact and talking to each other for about a week. The sun was well past mid-heaven and it was too early to reach the evening. I was sitting on the sofa and watching the sunlight glistening on the flowers.

Cell phone rings When I put the phone to my ear, I heard a high-pitched voice. I confirmed my husband's name. They said that my husband was on his way to the hospital due to a car accident. So they told me to come to the hospital. I was surprised at the lightning bolt, became as small as a candle, and I was at a loss for a moment about what to do or how to do. I thought that it was good to go to the hospital that they informed me. I ran. When I arrived at the hospital, they said my husband just entered the intensive care unit, and the nurse handed me an envelope.

The envelope I opened while waiting in front of the intensive care unit was a doll my husband held in her chest when he left the house. The ninety-seventh doll Mother Teresa looked into my eyes with one eye. A woman saint who showed the attitude of living a life of emptiness, and recognized God in poverty and met Jesus, speaks. 'Yesterday was gone and tomorrow is not yet. We must live every day as if it were our last day.'

After begging the nurse to let me meet my husband, I met him briefly. When I entered the intensive care unit and looked around, they confirm my husband's name and identity, and they inform me of the location of the bed. There was a gruesome figure of a man who had been shattered to pieces. An unrecognizable, distorted life lay

형처럼 놓여 있었다. 피 묻은 그의 손을 잡으며 아무 말도 잇지 못하는데 남자가 가쁜 숨을 몰아쉬며 간신히 몇 마디를 한다. 그동안 살아줘서 고마워. 그 말을 듣는 순간 나는 오열했고 정신없이 남자를 쓰다듬었다.

다음 날도 그 다음 날도 남자는 눈을 뜨지 않았다. 잠자는 것이라고도 했고 혼수상태에 빠진 것이라고도 했다. 그는 일주일 만에 세상을 떠났다. 사람과의 관계에 휘장을 치며 막을 내리는 죽음의 냉정함이 나의 눈을 찔렀다. 총알의 탄도가 목표점 끝부분에 다다라 더 이상 움직임이 없는 것처럼 남자의 몸은 움직임을 잃고 서서히 온기가 사라졌다. 다시는 어제로 돌아갈 수 없는 삶, 낯선 날들이 오도카니 여자를 기다리고 있었다.

like a doll on a white sheet. Holding his blood-stained hand, unable to speak, the man barely utters a few words with a suffocating breath. Thank you for living with me meanwhile. The moment I heard those words, I was sobbing and stroking the man frantically.

Neither the next day nor the next day, the man did not open his eyes. Doctors said that he was sleeping and that he was in a coma. He passed away a week later. The coldness of death, which veiled and closed relationships with people, pierced my eyes. As if the bullet's trajectory reached the end of the target and there was no more movement, the man's body lost movement and the warmth gradually disappeared. A life that can never go back to yesterday! unfamiliar days awaited woman as if in a daze.

개미집

개미들에 둘러싸여 있다. 거침없이 날던 날개에 힘이 빠진 파리가 움찔대며 발버둥 치고 있다. 물고 늘어지는 개미 떼의 집요한 그물망에서 한 생명이 벗어날 수 없다. 개미들은 저 파리 한 마리를 몰고 가면 며칠이나 먹고 살 수 있을까. 목숨 걸고 벌어 온 노획물이 식구들에게 환영받는 시간은 얼마나 될까. 땀 흘린 노동의 대가는 삶을 이어갈 가치가 되어 평화를 불러들일 수 있을까. 방과 방, 벽을 맞대고 사는 개미집에는 소소한 기쁨을 나누는 행복이 있다.

낮은 담에 둘러싸여 다섯 집이 산다. 작은 마당에 수도꼭지를 중심으로 시계 방향으로 돌아가는 1번 방, 2번 방, 3번 방, 4번 방, 5번 방. 녹슨 철대문은 1번 방의 오른쪽과 5번 방의 왼쪽을 거머쥐고 열리고 닫힌다. 3번 방과 4번 방은 겨우 움직일 수 있는 부엌이 있어 개미집에선 형편이 나았다. 다른 방들은 부엌이 없고 짧은 툇마루가 방문 앞에 붙어 있을 뿐이다. 한 방에 한 명 혹은 두세 명씩 살고 있는 한 집 같은 다섯 집

Anthill

I am surrounded by ants. A fly that lost its strength in its relentlessly flying wings is struggling. A life cannot escape from the tenacious net of swarms of ants. If ants drive one fly, how many days can they eat? How long will it take for the spoils that was risked for their lives to be welcomed by the family? Can the sweaty labor pay off and bring peace to life? There is happiness in sharing small joys in ant nests that live side by side with rooms and walls.

There are five houses surrounded by a low wall. Room: the first, the second, the third, the forth, the fifth room, which rotate clockwise around the faucet in the small yard. The rusty iron gate opens and closes holding the right side of room 1 and the left side of room 5. Rooms 3 and 4 had a kitchen that could barely move, so it was better in the ant nest. The other rooms do not have a kitchen, only a short floor is attached in front of the door. Five houses, like one house, with one or two or three people living in one room, are one family. They are brothers, who shared a bloody bond on the battlefield.

은 남이 아니다. 전장에서 피 같은 정을 나눈 형제 아닌 형제다.

대문은 수시로 소리를 냈다. 개미처럼 노획물을 물어오기 위해 새벽잠을 떨치고 집을 나서는 1번 방이 제일 먼저 대문을 연다. 조금은 여유 있게 출근을 하는 2번 방이 나가고 이어 초등학교 1학년인 딸을 학교에 데려다주는 3번 방이 출근 준비를 하고 아이와 함께 나간다. 4번 방은 3교대 근무를 마치고 대문을 들어서며 마주치는 아이에게 인사를 한다. 개미집에서의 아침은 하루를 시작하는 사람과 하루를 마무리하는 사람이 공존한다. 그나마 들고 나는 일이 있다는 것은 다행이다. 5번 방은 웬만해선 얼굴 보기 힘들다. 나갈 일도 없고 들어올 일도 없어 얼굴 없이 산다.

밤을 낮처럼 산 4번 방 젊은 여자는 녹아내리는 눈꺼풀을 들어 올리며 세수를 한다. 아무리 힘들어도 세수하는 건 빼놓지 않은 덕에 피부 좋다는 소리를 듣곤 한다. 비누 거품으로 발을 문지르며 뽀득 소리가 나게 헹군다. 수도세 많이 나온다고 물을 아끼라는 개미집 주인의 잔소리를 들으면서도 매번 고집을 꺾지 않는다. 맑은 물에 여러 번 헹궈야만 먼지같이 달라붙는 생의 힘겨움이 사라질 것이라 믿기에 하는 행동이다.

방에 들어온 여자는 커튼을 치고 안대도 한다. 아침 해가 환한 시간이지만 그녀에겐 밤이다. 연탄불을 갈아 놓고 일찍 시장에 나간 부모님의 온기가 남아있는 이불을 덮는다. 직장에서 밤을 낮처럼 사는 그녀는 근무 중에 쓰나미처럼 잠이 쏟아질 때면 잠시 문밖에서 심호흡을 하곤

The gate made a noise from time to time. Room 1 opens the door first. They leave the house after waking up early in the morning to retrieve spoils like ants. room 2, they go to work with a little more leisurely time. in Room 3, they takes their daughter, who is a first-year elementary school student, to school. In room 4, after finishing 3 shifts, he enters the gate and greets the child he encounters. In the morning at the anthill, the person who starts the day and the person who ends the day coexist. It's fortunate that I have something to carry. room 5 is difficult to be seen. There is nothing going out and nothing coming in, so they live without being seen.

The young woman in room 4, who spent the night as if it were daytime, lifts her eyelids and washes her face. No matter how difficult it is, she often hear that it is good for her skin because she does not forget to wash her face. she rubs her feet with soapy lather and rinse with a popping sound. Although she hears the ant nest owner nagging him to save water because her water bill is too high, she does not break her stubbornness every time. She believes that only rinsing with clear water several times will make hardships of life that stick like dust disappear.

The woman who enters the room closes the curtains and wears an eye patch. The morning sun is bright, but for her it is night. She covers a blanket that parents' warmth, who changed briquet fire and went to the market early, remains. At work, she spends the night as if it were daytime. When she fell asleep like a tsunami while working, she would take a few deep breaths outside the door. she wants to join an

했다. 미국계 전자 회사는 평가가 좋아 입사하려고 하지만 인원은 제한되어 있다. 어렵게 취직한 그녀는 두 해째 근무하는 중이다. 밤공기가 싸하다. 온몸을 감싸며 졸음을 거둬 가는 바람. 올려다본 하늘은 청담색이고 별들은 촘촘히 무늬를 그리고 있었다. 어둠 속에서 반짝이는 별은 한없이 아름답다. 저 별처럼 나의 삶도 빛날 때가 있을까. 어둠뿐인 생활이 좀 나아질 때가 있을까. 집에 와 잠잘 때마다 매번 같은 생각을 하던 그녀는 꼭 그 지점에서 깊은 잠에 빠진다. 희망의 실체는 보이지 않고 앞날이 불확실한 삶에서 반짝이는 별을 가슴에 끌어안고 잠이 든다.

저녁이면 하나둘 돌아온 가족들로 개미집이 술렁인다. 새벽잠을 떨치며 출근한 1번 방이 돌아오고 느긋하게 출근했던 2번 방도 들어온다. 학교에서 배운 무용과 노래를 하는 딸을 보며 3번 방 부부는 마루에 앉아 손뼉을 치고 웃는다. 세상에서 제일 예쁜 딸의 재롱에 행복해하는 3번 방은 이 집에 사는 사람들의 롤 모델이다. 언젠가 가정을 이뤄 자식 낳고 행복하게 살 수 있겠다는 소망을 품게 한다. 저 방의 기쁨이 나의 기쁨이고 저 사람의 행복이 나의 꿈이라는 생각 하나로 더불어 살아간다.

4번 방 젊은 여자가 일어날 시간인데 기척이 없다. 출근하려면 지금쯤 일어나야 한다. 개미집 사람들은 여자를 깨우기 위해 한 명이 부엌에 들어섰다. 연탄가스 냄새가 코를 찌른다. 방문을 열어보니 여자는 의식이 없다. 2번 방이 소리를 지르자 사람들이 우르르 몰려든다. 누워

American electronics company because it has good evaluations, but the opening is limited. Having a hard time finding a job, she has been working for two years. The night air is chilly. The wind that surrounds her body and takes her away from sleep! The sky she looked up at was blue and the stars were densely painting a pattern. The twinkling stars in the dark are infinitely beautiful. Will my life ever shine like that star? Will there ever be a time when a life with only darkness gets better? Every time she comes home and sleeps, she thinks the same thing every time, but at that point, she falls into a deep sleep. In a life where the reality of hope is invisible and the future is uncertain, she falls asleep holding a twinkling star in her chest.

In the evening, the anthill is bustling with families returning one by one. Room 1, where they went to work after waking up early in the morning, comes back, and Room 2, where they went to work leisurely, comes in. Watching their daughter dancing and singing at school, the couple in Room 3 sit on the floor, clap their hands and laugh. Room 3, they are happy with the jokes of the most beautiful daughter in the world, is a role model for the people living in this house. They hope that someday they will have a family, have children, and live happily ever after. They live with one thought that the joy of that room is their joy and the happiness of that person is their dream.

It is time for the young woman in room 4 to wake up, but there is no sign. They have to get up now to go to work. People of the anthill entered the kitchen to wake the woman. The smell of briquette gas stung their nostrils. When they opened the door, the woman was

있는 그녀를 마구 흔들자 서서히 눈을 뜬다. 생각 없이 멍한 눈빛이다. 가스를 마셨나 봐 소리치며 3번 방 여자가 동치미 국물을 가져왔다. 1번 방이 숟갈로 떠서 여자의 입에 흘려 넣는다. 서너 번 반복하다 안되겠다 싶은지 여자를 번쩍 안아 수돗가 옆에 엎어놓고 등을 두드린다. 몇 번 후려치자 그녀는 속의 것을 토해내기 시작했다. 웩웩거리는 등을 두드리며 소리친다. 살았다, 살았어.

꺼져가는 연탄불을 살려 놓고 시장에 간 4번 방 부모, 늘 있던 일이다. 직장에서 밤을 새고 일한 딸이 따뜻한 방에서 잘 수 있도록 새벽이면 연탄을 갈았다. 방 구들은 여기저기 금이 가 있고 작은 쥐가 드나들 정도의 구멍도 있다. 집주인에게 시멘트라도 발라 달라고 말하면 걸레로 틀어막고 기다리라고 했다. 하루 벌어 하루 먹고사는 사람들에겐 금 간 구들이나 파헤쳐진 구멍은 견뎌야 할 불행이다. 연탄가스 냄새가 심한 날이 있는가 하면 그럭저럭 견딜만하기도 했다. 자고 나면 매번 머리가 떵하게 아팠지만 습관처럼 몸에 배어들었다. 여자는 세 번째 다시 살아났다. 개미집에 사는 사람들은 서로 의지해 살면서 서로의 목숨을 책임지는 관계이다.

매달 초순에 월급을 받는 사람도 있지만 하순에 받는 여자의 월급날은 개미집에 꿀 같은 삼겹살 냄새가 진동하는 날이다. 성격이 곧고 셈을 잘하는 활달한 여자는 월급봉투에서 삼겹살 다섯 근을 사고 나머지는 모두 부모님 몫이다. 그렇게 하지 않으면 몇 달이 가도 고기 한 점 먹기 힘든 생활이기에 그녀가 과감하게 실천하는 자신만의 약속이기

unconscious. When a person in the second room screams, people rush in. She slowly opens her eyes as they shake her as she lies. It's a blank stare without thinking. Shouting that she must have drank gas, the woman in Room 3 brought dongchimi soup. A person in room 1 pick up a spoon and pour it into the woman's mouth. After repeating it four times, she grabs the woman and puts her face down next to the tap and pats her on the back. After a few slaps, she began to vomit what was inside. He pats his back and screams. She came to her senses. She came to her senses.

The parents of room 4, who went to the market with the burning coals alive. It was a usual thing. At dawn, the briquettes were changed so that the daughter, who worked all night, could sleep in a warm room. The rooms are cracked here and there, and there are holes large enough for a small mouse to enter and exit. When they asked the landlord to put some cement on it, he blocked it with a mop and told him to wait. For those who live from hand to mouth cracks and dug holes are unhappiness to endure. There were days when the smell of briquette gas was strong, and there were days when it was quite bearable. Every time they woke up, their head hurt a lot, but it got into my body like a habit. The woman was revived a third time. People living in an anthill are in a relationship where they depend on each other and take responsibility for each other's lives.

Some people get their paycheck at the beginning of every month, but on the payday of a woman who gets it at the end of the month, the smell of pork belly like honey spreads in the anthill. A lively woman

도 하다. 그녀는 고기를 사지만 다른 방 사람들은 상추를 준비하고 마늘이나 쌈장을 준비한다. 손바닥만 한 마당에 돗자리를 깔고 휴대용 가스렌지에 프라이팬을 얹는다. 그 위에 삼겹살을 올리면 지글거리며 단맛을 풍기는 고기, 다 익기도 전에 사람들의 침 넘김 소리가 크다. 그날만큼은 5번 방이 일행 속으로 나올까 해도 굴속에서 잠자는 겨울 곰처럼 꼼짝하지 않는다. 1번 방이 고기 몇 점 접시에 담아 5번 방에 슬그머니 넣어 준다.

개미집에는 가슴 따뜻한 사람들이 살았다. 한겨울 코끝을 얼리는 한파에도 서로의 관심과 사랑으로 추위를 녹였다. 열심히 살지 않으면 하늘을 보고 누워 꼼짝할 수 없는 상황이 되는 숙명을 안고 있기에, 불타는 청춘으로 용기를 나누던 시대였다. 마당을 맴돌고 있는 비누 냄새 고기 굽는 냄새는 사람 사는 냄새였다. 먹고 자고 웃고 울며 한 가족처럼 지내던 사람들, 지금은 어느 개미집에서 살고 있을까. 녹슨 대문 하나로 드나들던 사람들이 아파트 문 하나를 통해 드나드는 수많은 개미집 가족이 되어, 어느 별 아래 꿈을 키우고 있을까.

with a straight personality and good at counting buys five pounds of pork belly from a salary and the rest is for her parents. If she doesn't do so, it's hard to eat even a single piece of meat even after a few months, so it's a promise of her own that she boldly puts into practice. She buys meat, but the people in the other room prepare lettuce and garlic or ssamjang. She puts a mat in a small yard and place a frying pan on a portable gas stove. If you put pork belly on top of it, the meat gives off a sizzling and sweet taste, and people salivate loudly even before it fully cooked. On that day, even if people from room 5 comes out with the group, they don't move like a winter bear sleeping in a den. A person from room 1 put a few pieces of meat on a plate and gently put it into the person of room 5.

Warm-hearted people lived in the anthill. Even in the cold wave that freezed the tip of the nose in the middle of winter, they melted the cold with one another's interest and love. It was an era in which they shared courage with our burning youth because they had the fate of being in a situation where they could not move while looking at the sky if they did not live hard. The smell of soap lingering in the yard, the smell of grilling meat was the smell of living people. They ate, slept, laughed and cried and lived like a family. which anthill are they living in now? The people who used to come and go through a single rusty gate became a family of ants who came in and out through one apartment door. Under which star are they enhance dream?

2019년
초여름

　　행운을 잡았다. 일생에 몇 번 없을 행운이 운명처럼 찾아왔다. 무더기로 피어 있는 세 잎 클로버 속에 간간이 숨어 있는 네 잎 클로버가 특별한 기쁨을 주듯, 평범한 매일을 맞이하는 내게 기적처럼 다가온 특별함이다. 텅 비어 있던 집이 사람 향기로 가득하다. 살면서 이런 때가 몇 번이나 있을까. 가족이 모여 매일을 축제로 지내기는 쉽지 않은 기회이다. 한 가정이 화목하면 이웃이 평안하고 나아가 사회의 평화에 기여하는 일이 아닐까. 생의 선물처럼 안긴 귀한 행운이 꽃핀 날이다.

　미국에 살고 있는 큰딸이 한국의 친정을 방문했다. 사위와 손녀도 동행한 계획된 여행이다. 한국에 살고 있는 딸도 매일 친정으로 출근하며 조용하던 집은 순식간에 북적이기 시작했다. 삼대가 함께 머무는 동안 어떻게 지낼 건지 프로그램을 짜놓고 기다린 만남이다. 미국인 사위와 손녀, 한국인 사위와 손녀는 거리감 없이 어울린다. 피부색은 달라도

Early summer of 2019

I got luck A once-in-a-lifetime fortune came like fate. Just as a four-leaf clover that is intermittently hidden in a bunch of blooming three-leaf clovers gives special joy, it is a specialness that came to me like a miracle as I face an ordinary day. The empty house was filled with the scent of people. How many times in my life do I have times like this? It is not an easy opportunity for families to gather and celebrate every day. Isn't it a matter of contributing to the peace of the neighbors and furthermore to the peace of society when a family is harmonious. It is a day when precious luck that is given as a gift of life blossoms.

The eldest daughter living in the United States visited her parents' home in Korea. It is a planned trip accompanied by my son-in-law and granddaughter. My daughter, who lives in Korea, went to work every day at her parents' house, and the quiet house started to become crowded in an instant. It is a meeting that the three generations waited for while planning a program to see how they will

가족이란 이름이 허물없는 관계를 만들어 주고 있다.

　화려한 축제의 서막을 알리는 것은 첫 식사이다. 생일을 맞았어도 제때 끓여주지 못한 미역국과 불고기 등 한국 음식을 차려 잔치를 열었다. 케이크에 가족 모두를 위한 촛불도 밝혔다. 손녀들의 반짝이는 눈빛과 사위들의 친절한 언행, 딸들의 행복한 웃음이 어울려 꽃을 피운다. 한국어와 영어가 뒤섞인 말의 잔치다. 신선하고 향긋한 가족 모임이다.

　한국을 방문하기 위해 휴가를 얻은 딸과 사위를 위해 우리는 무언가 해야 했다. 귀한 시간을 그냥 흘려보낼 수는 없다. 미국 샌디에이고에 살고 있는 가족과 한국에 사는 가족이 모두 모였으니 사진을 찍기로 했다. 짙은 색 청바지에 어썸AWESOME이라고 쓴 흰 티셔츠를 맞춰 입고 예약해 놓은 사진관으로 갔다. 사진가에 의해 꽃꽂이하듯 자리를 잡았고 가장 핵심에 노란색 원피스를 입은 두 손녀를 세웠다. 가족이 한 송이 꽃으로 피어났다. 대대손손으로 이어질 가족사진이 탄생했다.

　일곱 살과 네 살짜리 손녀를 위해 에버랜드에 갔다. 이곳은 입구부터 아이들의 마음을 풍선처럼 부풀게 한다. 동화 속 궁전 같아서 어른도 동심의 세계에 빠져들게 한다. 사파리에서 맹수들과 친구가 되어 보고 갖가지 탈것을 타며 놀다 보면 환상적인 퍼레이드가 이어진다. 낮과 밤에 날마다 행해지는 퍼레이드는 낮은 낮대로 밤은 밤대로 현실을 잊게 만드는 행진이다. 구름처럼 모여든 사람들 틈에 우리가 있다. 낯선 듯 낯설지 않은 그 시간 속에 비껴가는 세월의 얼굴을 본다. 손녀들의 기

spend time together. American son-in-law and granddaughter, and Korean son-in-law and granddaughter get along without any sense of distance. Even though their skin colors are different, the name of a family makes a flawless relationship.

The first meal marks the beginning of the splendid festival. Even on birthday, I prepared Korean food such as seaweed soup and bulgogi that could not be cooked on time and held a feast. They also lit candles for the whole family on the cake. The sparkling eyes of the granddaughters, the kind words and deeds of the son-in-law, and the happy smiles of the daughters make flowers bloom. It is a feast of words mixed with Korean and English. It is a fresh and fragrant family gathering.

I had to do something for my daughter and son-in-law who were on vacation to visit Korea. I can't just waste precious time. My family living in San Diego, USA and my family living in Korea all gathered. So we decided to take a picture. I went to the photo studio where I made a reservation by wearing dark blue jeans and a white T-shirt with the word AWESOME written on it. The photographer took the place as if arranging flowers, and the two granddaughters in yellow dresses were placed at the core. The family bloomed with a single flower. A family photo that will be passed down from generation to generation was created.

I went to Ever land for my 7 and 4 year old granddaughter. From the entrance, children's hearts inflate like balloons. It is like a fairy tale palace, allowing adults to immerse themselves in the world of childhood. If we make friends with wild beasts on safari, ride various

억에 오늘의 즐거움은 어떻게 저장될지 궁금하다.

캠핑을 갔다. 풀 빌라 캠핑장에는 아이들을 위한 장난감과 인형, 책이 진열되어 있고 넘어져도 다치지 않을 부드러운 소재의 미끄럼틀이 있다. 밖에는 야외 수영장과 수영장만 한 뜨거운 욕조가 있어 더운물과 찬물을 들락이며 피로를 풀 수 있게 되어 있다. 낮엔 물에서 놀고 밤엔 바비큐 그릴 화로에 고기를 구워 먹으며 생경한 캠핑장의 즐거움을 만끽한다. 무엇보다 가족 모두가 함께하는 의미 있는 시간이기에 더없이 소중하다. 밤하늘의 달이 초여름 펜션의 가족 파티를 다정하게 비춰주고 있다.

『국제간호사 길라잡이 – 꿈을 살다 미국 간호사』 저자인 큰딸은 한국에 머무는 동안 몇 군데 대학 강연이 잡혀있다. 자신의 모교 강연을 시작으로 전국의 대학을 다니며 바쁜 나날을 보낸다. 딸이 강연하기 위해 아침에 출발하면 둘째 딸과 나는 손녀들을 데리고 어린이 체험 현장을 간다. 서울대공원 기린 나라, 점핑파크, 수영장 등에서 놀며 쑥쑥 크는 아이들의 모습을 본다. 미국 사위도 한국 어린이 놀이공원을 살펴볼 기회가 주어졌다. 때론 사위들끼리 야구장에서 야구 관람을 하고 오기도 한다. 밤이면 모두 다 집에 모여 하루의 즐거움을 나누고 깊은 밤, 혹은 새벽에 잠자리에 든다. 눈코 뜰 새 없이 바쁜 하루를 체험하며 이런 시간은 내게 찾아온 행운의 때라고 믿는다.

한국의 유명한 맛집과 구경할 곳이 한두 군데가 아닌데, 사위가 떠나야 할 날이 다가왔다. 그가 머무는 보름 동안 우리는 열심히 먹고 구경

vehicles, and play, a fantastic parade follows. The parade, held day and night, is a parade that makes we forget reality by day and by night. We are among the people who gathered like a cloud. I see the face of the passing time that seems unfamiliar and not unfamiliar. I wonder how today's joy will be stored in the memories of my granddaughters.

We went camping. At the Pool Villa campground, toys, dolls, and books for children are on display, and there is a slide made of soft material that will not hurt if they fall. Outside, there is an outdoor swimming pool and a hot tub with a size of a swimming pool, so they can relax with hot and cold water. We enjoy the fun of the unfamiliar campsite by playing in the water during the day and grilling meat on the barbecue grill at night. Above all, it is a meaningful time spent with the whole family, so it is of utmost importance. The moon in the night sky warmly illuminates the family party of the pension in early summer.

'Guide to International Nurses' - Living a Dream! American Nurse - My eldest daughter is an author. She has several university lectures scheduled during her stay in Korea. Starting with lectures at her alma mater, she spends her busy days attending universities across the country. When my elder daughter leaves in the morning to give a lecture, my second daughter and I take our granddaughters to the children's experience site. I see the children growing up while playing in the giraffe country of Seoul Grand Park, jumping park, and swimming pool. My American son-in-law was also given the opportunity to visit a Korean children's amusement park. Sometimes the sons-in-law come to watch baseball at the baseball field. At night, everyone gathers at home to share the joys of the day and go to bed in

하고 놀았다. 사위 먼저 미국 샌디에이고로 돌아가면 딸은 보름 정도 더 머문다. 인천공항에서 사위를 배웅하는 날, 진한 인연의 정이 느껴진다. 매일 한집에서 먹고 자고 지낸 정이 뜨거운 가족애를 키웠다. 아내와 딸을 두고 먼저 출발해야 하는 사위의 마음이 아쉽겠지만 곧 다시 만나는 기대가 있기에 즐거운 떠남이 되리라. 우리는 깊은 포옹으로 그를 보냈다.

큰사위가 미국으로 떠나자 한국 사위가 힘이 없어 보였다. 형님이라 부르며 서로의 마음이 잘 통했는데 아쉬운 모양이다. 큰 사위도 같은 마음이었다. 둘째 사위가 퇴근해서 집에 오면 큰 사위 눈이 더욱 빛났고 힘이 나는 듯 보였다. 남다른 끌림이다. 같은 계통의 IT 직업이라 말이 통했고 날이 갈수록 서로 영어 실력과 한국어 실력이 늘던 중이었다. 사위들끼리 좋은 감정을 갖고 있다는 건 얼마나 좋은 일인가. 보는 것만으로도 아름다운 모습이다.

한 명은 미국에서 가정을 이뤘고 한 명은 한국에서 가정을 이뤘다. 자식을 낳아 기르며 스스로의 일에 충실한 두 딸이 고맙다. 아름다운 계절에 멋진 축제를 계획하고 실행해줘서 더욱 고맙다. 각자의 집으로 돌아가 하루하루 바쁘게 살아가겠지만 나는 거실에서 매일 그들을 만난다. 가로 142cm 세로 80cm의 대형 사진 속에서 활짝 웃는 딸과 사위, 손녀들을 본다. 이런 행운이 또 있을까. 2019년 초여름, 가족이 함께 지낸 시간은 소중한 기억으로 남았다. 즐거운 행복은 내 가슴에 깊숙이 새겨졌다.

the middle of the night or at dawn. As I experience a busy day without opening my eyes, I believe that these times are the lucky times that came to me.

There are not one or two famous Korean restaurants and places to visit, but the day when my son-in-law has to leave approached. During his fifteen day's stay, we ate, watched, and played hard. My son-in-law returns to San Diego, USA, first of all and my daughter stays in Korea for about a fifteen day or so. On the day I see off my son-in-law at Incheon Airport, I feel a deep bond of connection. He ate and slept in the same house every day, developed a passionate family love. It is unfortunate that my son-in-law has to leave Korea without his wife and daughter, but it will be a pleasant departure because we look forward to meeting again soon. I sent him in a deep hug.

When my eldest son-in-law left for America, my Korean son-in-law seemed powerless. They got along well with each other by calling my eldest son-in-law brother, but it seems to be a pity. My elder son-in-law had the same mind. When the second son-in-law came home from work, his elder son-in-law's eyes shone even more and he seemed to be getting stronger. It is an extraordinary attraction. Since it was an IT job in the same lineage, they were able to communicate and their English and Korean skills were improving day by day. How good it is to have good feelings between my sons-in-law! Just looking at it is beautiful.

One formed a family in the United States and the other formed a family in Korea. I am grateful to my two daughters who gave birth and

한 가정을 이루는 결혼은 생의 십자가를 지는 일이다. 사람마다 각기 다른 인생이기에 겪어야 하는 애환도 같지 않다. 두 아이를 키우며 살아온 내 삶은 녹록지 않았다. 공무원의 아내로 폭풍우 몰아치고 눈이 쏟아지기도 하는 변덕스러운 날씨를 견뎌야 했다. 속수무책 고스란히 받아야 했던 삶의 괴로웠던 순간들, 질펀한 삶에 자식은 희망이 되어 주었다. 비 올 때 함께 비를 맞고 눈 올 때 마음을 녹이는 위로였다. 가족의 화목은 그냥 주어지는 게 아니다. 생의 힘겨움을 견디어 냈을 때 주어지는 선물이다. 삶의 훈장처럼 안긴 초여름의 행복, 감사하지 않을 수 있겠는가.

raised children and were faithful to their work. Thank you so much for planning and executing a wonderful festival in this beautiful season. They will go back to their respective homes and live busily every day, but I see them every day in the living room. In the large 142cm wide and 80cm tall photo, I see a smiling daughter, son-in-law, and granddaughter. Will there be any other luck like this? In the early summer of 2019, the time we spent together as a family remained as a precious memory. Joyful happiness was engraved deeply in my heart.

Marriage to form a family is to bear the cross of life. Because each person's life is different, the pain and suffering they have to go through is not the same. My life, raising two children, was not easy. As a wife of a civil servant, I had to endure fickle weather with storms and snow. In the painful moments of life that I had to receive helplessly, my children gave me hope in a life of chaos. When it rained, we got rained on together and when it snowed, it was a comfort that melted my heart. Family reconciliation is not just given. It is a gift given when we endured the hardships of life. I can't help being grateful for the happiness of early summer that is embraced like a medal of life.

바람결에
실려
온
꽃의
노래

사람은 가슴속에 열망을 지니고 있다. 삶의 목표이기도 한 그것은 다양한 방법으로 표현된다. 자신의 꿈을 확실히 알고 그 방향으로 나아가는 사람은 행복하다.『국제간호사 길라잡이－꿈을 살다 미국 간호사』는 어떻게 살아야 할지 모르는 사람들에게 방향을 알려주는 나침반과 같은 책이다. 미국 간호사가 되기 위해 알아야 할 다양한 정보가 있고 미국 간호사의 필요성과 간호교육자의 길이 자세히 실려 있다. 미국 간호사를 꿈꾸는 사람에게는 교과서이고 사전이 될 만한 정보의 보고라 할 수 있다.

작가 김미연은 한국에서 간호학과를 졸업했고 RN(미국 간호사)을 취득한 후 미국으로 갔다. 미국 간호사의 꿈을 지니고 그곳에 도착했지만 마음과 달리 삶은 녹록지 않았다. 영주권 진행 중 에이전시에 사기를 당하기도 하고 오갈 데 없는 처지가 되기도 했다. 같은 목표로 함께 했던 사람들과 어려움을 극복해 가면서도 간호사로 일하겠다는 마음

The song
of
a flower
carried
in the wind

People have aspirations in their hearts. It is also the goal of life and is expressed in various ways. Those who know their dreams clearly and move in that direction are happy. Guidance for International Nurses-living a dream! American Nurses-is a book like a compass that gives directions to those who do not know how to live. There is a variety of information we need to know to become an American nurse, and the needs of an American nurse and the path of a nursing educator are written in detail. For those who dream of becoming an American nurse, it is a textbook and a repository of information that can become a dictionary.

The author Mi-yeon Kim graduated from the Department of Nursing in Korea and went to the United States after obtaining an RN(American Nurse). She arrived there with the dream of becoming an American nurse, but contrary to her heart, life was not easy. During the process of permanent residence, she was scammed by an agency, and she was in a situation where she had nowhere to go. While overcoming

은 변치 않았다. 미국 생활 11년, 이제 그녀는 병원에서 즐겁게 근무하고 대학교에서 간호학과 학생들을 가르치고 있다. 몰라서 겪었던 숱한 좌절을 후배 간호사들은 겪지 말라고 그녀는 이 책에서 자신의 실패담을 담담히 풀어낸다.

누군가 걸어간 발자국이 있다면 뒤에 걷는 사람은 훨씬 수월하다. 허리까지 자란 풀이 우거진 길도 누군가의 흔적으로 길이 나 있다면 안심하고 따라 걸을 수 있다. 책의 서문에 '이 책은 간호사를 향하는 편지이자 응원이고 꿈꾸는 사람들과 나누고 싶은 기록이며 한국간호사로서 느끼는 책임감입니다.'라고 했다. 미국 간호사의 길을 헤매고 헤맨 후 안착했던 어려움을 생각하며 꿈을 꾸는 한국 간호사들에게 기쁘게 상담자가 되겠다고 한다. 또한 다른 전공자라 할지라도 간호사의 길로 들어서고자 하는 사람에게 아낌없이 정보를 나누겠다고 한다. 작가는 스스로 그런 몫을 맡았다. 책 표지에서 환하게 웃고 있는 그녀는 이 책을 읽는 독자 누구에게나 마음을 열고 다가서게 한다.

작가는 자신의 메일과 블로그, 유튜브 주소를 공개했다. 실제 많은 간호사가 다양한 방법으로 문의하고 상담하며 도움을 받고 있다. 의도는 한국간호사에게 다리가 되어주려 했는데 한국뿐만 아니라 뉴욕, 프랑스, 캐나다, 독일, 뉴질랜드, 호주 등 각국에서 근무하는 간호사 혹은 간호학과 학생들의 문의가 쇄도하고 있다. 유튜브 동영상의 구독자 수는 하루가 다르게 올라가고 좋은 정보, 피부에 와 닿는 최신 정보에 감사하다는 인사가 끊이지 않는다. 고민하는 청춘들에게 도움이 되겠다

difficulties with people who shared the same goal, her heart to work as a nurse did not change. After 11 years of living in the United States, she now enjoys working in a hospital and teaching nursing students at a university. In this book, she calmly unravels her own story of failure so that junior nurses do not have to go through the many setbacks that she experienced because she was ignorant.

If there are footprints someone walked, it is much easier for a person to walk behind. Even on a grassy road that grew up to the waist, if there is a trail marked by someone, we can walk along it with confidence. "This book is a letter to nurses and support, a record we want to share with dreamers, and a sense of responsibility as a Korean nurse." Thinking of the difficulties she settled on after wandering and wandering on the path of becoming an American nurse, she said she would be happy to become a counselor to Korean nurses who dreamed of becoming a nurse. In addition, she said that she would generously share information with those who wish to enter the path of a nurse, even if they are other majors. The author took on that role herself. With a bright smile on the cover of the book, she opens her heart to anyone who reads this book.

In the subtitled 'Living a Dream! American Nurse's book, the author posted her email, blog, and YouTube address. In fact, many nurses are inquiring, consulting, and receiving help in various ways. The intention was to become a bridge for Korean nurses, but inquiries from nurses and nursing students working not only in Korea but also in New York, France, Canada, Germany, New Zealand and Australia are flooding

는 작가의 소망이 책의 부제목처럼 이뤄지고 있다는 증거다. 그만큼 자신의 꿈을 어떻게 펼쳐야 할지, 앞으로의 삶을 어떤 방향으로 나아가야 할지 고민하는 사람이 많다는 뜻이 아닐까.

미국 간호사 평균 연령은 40대 후반, 50대 초반이다. 한 번 간호사의 길로 들어서면 자신이 그만두고 싶을 때까지 일할 수 있는 장점이 있다. 한국처럼 20~30대에 열정으로 일하고 나이 들어 그만두어야 하는 직업이 아니라는 이야기다. 작가는 프롤로그에서 '미국의 취업 시장은 질서정연한 전쟁터이다. 전쟁터에서 살아남으려면 미국의 시스템을 알아야 한다.'라고 했다. 눈물과 좌절로 겪어낸 미국 사회의 실태와 간호사 일자리에 대한 정보를 통계자료를 통해 세세히 알려준다. 언어의 장벽을 넘어서는 방법도 구체적으로 공개한 그녀의 영어 공부 과정을 통해 도움을 받을 수 있다.

2018년 10월 포널스 출판사에서 발행한 『국제간호사 길라잡이 - 꿈을 살다 미국간호사』는 꿈꾸는 이들이 그 꿈에 한발 다가설 수 있는 희망의 책이다. 394페이지의 두툼한 책이 쉽게 읽히는 것은 진솔하고 꾸밈없는 표현과 궁금한 부분을 시원하게 밝혀주는 정보로 가득하기에 가능하다. 한국인의 자긍심에 가슴이 뿌듯하다. 항해하는 인생의 바다에서 배의 열쇠를 손에 쥘 바라는 작가의 따뜻한 마음이 느껴진다. 마음의 갈피를 잡지 못하고 헤매는 간호사들과 많은 사람들에게 이 책을 권한다. 독자는 이 책에서 길을 밝히는 등불을 발견하게 될 것이다.

in. The number of subscribers to YouTube videos is increasing day by day, and people are constantly saying thanks for good information and the latest information that touches their skin. It is a proof that the author's wish to help troubled youth is coming true. Doesn't it mean that there are many people who are thinking about how to realize their dreams and what direction their lives should go in the future.

The average age of nurses in the United States is in their late 40s or early 50s. Once they enter the path of a nurse, they have the advantage of being able to work until they want to quit. This is not a job that they have to work with passion in your 20s or 30s and quit when they are old in Korea. In the prologue, the author said, 'The American job market is an orderly battlefield. To survive on the battlefield, we need to know the American system.' It provides detailed information on the actual conditions of American society and the jobs of nurses through tears and frustration through statistical data. We can get help through her English study course, which also revealed how to overcome the language barrier.

Guidance for International Nurses-Living a Dream, American Nurses-, published by Fornals Publishing House in October 2018, is a book of hope that allows dreamers to take one step closer to their dreams. It is possible because the thick book of 394 pages is easy to read because it is full of honest and unadorned expressions and information that clearly illuminates the curious parts. We are proud of Korean pride. We feel the author's warm heart in the sea of sailing life, who wants to hold the key to the ship. I recommend this book to nurses and many people who are lost in their minds. The reader will find a lamp to light the way in this book.

매미가 허물을 벗듯, 이승의 옷을 벗고 저승의 옷으로 갈아입는 것이라고 생각한다면 조금 더 편안하게 맞을 수 있을까. 그때를 생각해 남은 시간을 더욱 기쁘게 살고 싶다. 하늘의 별이 되어 세상을 밝히는 그 빛을 만나기 위해 귀한 열매 같은 오늘을 숨 쉰다.

– 「별이 된 그대에게」 중에서

2부

별이 된 그대에게

두레박에
담긴
꽃다발

마음을 전하는 일은 어렵고도 쉽다. 쉽고도 어려운 일을 세상 사람들은 하면서 산다. 오지의 굶어 죽어가는 어린이의 눈망울을 바라보며 사랑을 나누고, 고통 속에 신음하는 이웃을 향해 도움의 손길을 편다. 병들어 시한부 삶을 살 수밖에 없는 이에게 장기를 기증하고 슬픔에 잠긴 이웃에게 자신의 재능을 나눈다. 가장 필요한 이에게 필요한 것을 나누는 일은 희망과 생명을 나누는 일이다. 선한 마음의 의지인 아름다운 기부는 세상을 살리는 힘이다. 어려움을 극복하고 새 삶을 부여받아 활기차게 살아갈 수 있게 하는 사랑의 꽃다발은 세상에 평화와 행복을 심는 일이다.

새벽마다 찾아오는 새, 10층 실외기가 숲속 나무 꼭대기쯤 될까. 에어컨 실외기에 앉아 노래를 한다. 경쾌하고 신선하다. 작은 몸으로 어떻게 저렇게 청명한 소리를 낼까. 각자 목소리가 달라서 어떤 때는 운치 있는 가곡을 들려주고 어떤 때는 오페라 아리아를 들려주기도 한다.

깊은 잠에 빠져있던 내 의식은 노랫소리를 들으며 서서히 돌아와, 또 하루의 아침이 열리고 있다는 것을 알게 된다. 안온한 평화이다. 매일 아름다운 기부를 하는 손님은 몸통이 아기 주먹만 하기도 하고 아기 손바닥만 하기도 했다. 온몸을 다해 지저귀는 새의 맑고 쾌활한 노래는 아름다운 기부이다. 희망찬 하루를 열 수 있게 해 주는 친구의 기부로 내 삶은 윤택하다. 행복한 보물로 가득하다.

잘 먹고 잘 자고 유순한 성격의 손녀는 건강하고 탐스러운 머리칼을 갖고 있다. 엉덩이 아래까지 치렁한 머리카락을 소아암 친구들에게 기부하기 위해 잘랐다. 8년 동안 감고 말리며 돌본 분신을 기쁘게 자를 수 있는 것은, 항암치료로 탈모가 심한 어린이에게 특수 가발을 제작해 나누기 위해서다. '어-어린 암환자를 위한, 머-머리카락, 나-나눔'의 준말인 어머나 운동에 동참하는 것은 세상을 행복하게 하는 일이다. 소아암 친구들의 가발을 만들기 위해선 길이가 25cm 이상이 필요하다. 두 가닥으로 나눠 고무줄로 묶은 후 아낌없이 잘려진 머리카락은 힘든 친구들에게 큰 기쁨이 될 것이다. 자르고 나자 어깨를 찰랑이는 머리칼, 8살 손녀는 아름다운 기부로 몸과 마음이 한 뼘 더 성장했다.

마술사 김영곤, 그는 마음 따뜻한 사람이다. 시인이고 수필가이며 한 여인의 남편이요 세 아이의 아빠이다. 사는 동안 어린이와 함께하겠다고 결심한다. 밤낮없이 어린아이들의 숨은 감성을 살려주고 어른들에게는 동심을 불러일으킨다. 매직쇼, 마술특강, 공연으로 바쁜 그는 자신이 지닌 재능으로 세상을 밝게 살려낸다. 어느 날 그는 누부아_{姨夫}를 다시 못

올 곳으로 떠나보내게 되었다. 장례식장은 슬픔에 잠겨 있었고 누부야의 딸들은 식음을 잊고 눈물을 흘렸다. 슬픔에 잠긴 누부야의 딸들을 위해 장례식장에서 마술을 보여준다. 눈물을 그치게 하는 정성된 사랑이다. 그의 아름다운 기부로 세상은 희망을 잃지 않는다.

한국에서 태어나고 자라 간호사가 된 딸은 어렵고 힘든 시기를 거쳐 미국 간호사가 되었다. 캘리포니아 주 샌디에이고에서 간호학과 교수로 활동하며 병원에서 간호사로 일하고 있다. 미국에서 자리 잡기까지 홀로 개척하고 노력한 그녀의 애환은 파란만장하다. 그 때문에 한국의 간호사에게 마음 다해 정성을 쏟는다. 미국 취업 시장의 상황과 영어 면접 준비에 대해, 연봉 협상의 팁과 영주권 수속 과정에 대해 아낌없는 정보를 알려준다. 미국 간호사가 되기 위해서 어디서부터 시작해야 할지 모르는 한국 간호사들에게 길잡이가 되어 주고 있다. 딸의 아름다운 기부로 많은 한국 간호사들이 희망을 갖고 길을 찾는다.『국제간호사 길라잡이』의 저자인 그녀는 삶의 희망을 나누고 있다. 그녀로 인해 세상은 조금 더 따뜻해지고 행복해진다.

마음 가득 사랑의 꽃다발을 나눠주는 사람들로 세상은 희망이 넉넉하다. 자신이 가진 능력과 도움을 나누는 것은 막막한 삶에 등대가 되어주는 일이다. 힘들고 어려운 시기, 절망이기도 한 그때, 손을 내밀어 주는 사람이 있다면 얼마나 고마운 일인가. 더불어 사는 세상에서 필요한 사람에게 필요한 것을 나누는 것은 기운 솟는 일이다. 넘어진 이가 일어나고 슬픔에 빠진 이가 눈물을 닦을 때 세상은 꽃처럼 행복이 피어날 것이다. 정호승 시인은 '길이 끝나는 곳에서도 길이 되는 사람이 있다'라고 노래했다. 스스로 사랑이 되어 한없이 봄 길을 걸어가는 사람, 그런 사람이 우리 곁에 있다. 살맛 나는 감사한 세상, 함께 힘을 내어 살아볼 일이다.

변화의
내재율

세상은 빠르게 변하고 있다. 아날로그를 넘어 디지털로, 디지털에서 인공지능의 미래로 넘어왔고 현실과 비현실의 가상세계가 공존하는 최첨단에 와있다. 과거와 미래의 경계는 무너졌다. 거침없이 변하는 세상에 언제까지나 그대로를 고집하는 것은 퇴보이다. 변해야 한다. 흘러야 한다. 새로운 세계로 나아가기엔 혼란과 두려움이 따르지만 두려움은 또 다른 안정이 될 것이기에 새로운 시작을 과감히 받아들여야 한다. 변화에는 보상이 따른다. 희생의 값이 크면 클수록 그 속에 담긴 가치도 클 것이다.

인문학의 붐이 일기도 전에 그 중요성을 아는 사람들이 문학회를 결성했다. 동남보건대학 평생교육원 문예창작반은 여섯 명을 시작으로 한때 40여 명을 육박하며 성황을 이루었다. 학장과 원장, 강사가 한마음으로 일으킨 동남문학회는 21세기에 들어 사양길에 접어들었고, 우후죽순처럼 불어난 평생교육기관으로 사람들이 나뉘어 학교는 침체국

면에 들었다. 떠나야 했다. 23년간 자리를 지키며 한국 문학사의 획을 그으며 성장했던 곳의 삶을 접고 다른 곳으로 자리를 옮겨야 했다. 두렵고 혼란스럽지만 새로운 시작에는 깊은 뜻이 담겨 있다고 믿기에 변화에 발을 맞춘다.

아홉 남매의 맏며느리인 언니는 평생 일에서 헤어나지 못했다. 네 명의 자식을 키우며 여덟 명의 시동생 시누이 결혼 잔치도 집에서 치렀다. 동네잔치를 하며 음식 만드는 일에 많은 품을 들여야 했고, 한 해에 열댓 번 찾아오는 제사에 허리 펼 날이 없었다. 나이 들어 밥해 먹는 게 제일 싫다는 언니는 일에 치여 삶의 고단함을 피하고 싶어 했다. 그 의견을 수렴한 자식들이 실버아파트에 입주할 수 있게 했다. 하루 세끼 따끈한 식사가 준비되는 곳에서 시장 갈 일도 없고 다듬고 씻어 조리하는 일도 없다. 유교사상에 찌든 과거에는 상상할 수도 없는 삶을 살게 되었다. 혁신적인 변화이다. 일생 주무르던 일에서 벗어나 여유롭게 자연을 벗하며 살고 있는 85세의 언니는 지금이 천국 같은 삶이라고 말한다.

푸른 지구별은 잠시의 고정도 없이 흐르고 있다. 행복 지수 높았던 미얀마는 군부 쿠데타가 일어나 많은 시민이 목숨을 잃고 있다. 민주화를 갈망하는 사람들이 군사독재 저항의 상징인 세 손가락 경례를 하며 무차별 총격전에 맞서고 있다. 독재 정권을 장악하려는 군부와 독재 정치에서 벗어나려는 시민의 투항에서 살기 위해 죽어야 하는 사태가 벌어진 것이다. 그들은 변화를 요구한다. 50여 년간 머물렀던 군사 정부

독재를 벗어나 민주주의 사회에서 살고 싶어 한다. 자유민주주의를 위해 죽어야 한다 해도 군사독재보다 낫다는 걸 죽음으로 보여주고 있다. 간절한 자유 평화를 위해 소중한 목숨을 바칠 수밖에 없는 현실이 참담함을 불러일으킨다. 미얀마의 10대 가수 완이화는 '세 손가락 꽃 되어 피어나라'고 〈미얀마의 봄〉을 노래한다. 아직도 진행 중인 미얀마의 피 흘림은 언제까지 지속될 것인가. 진정 봄은 오는가.

사람은 지금을 넘어선 어느 곳, 새로운 삶에 대한 동경을 지니고 있다. 감각과 지각으로의 기대이든, 현실을 초월한 이상향이든 그것은 지금과 다른 변화의 마음자리이다. 31세에 요절한 수필가 전혜린은 「먼 곳에의 그리움」을 노래했다. 부유한 가정의 독일 유학파이며 서울 명문대 교수였던 그녀가 원했던 변화는 평범함을 거부하는 삶이다. '의식의 빈곤에서 오는 정신의 공백을 수치로 생각한 그녀가 가 닿고자 한 귀향지는 독특한 작품세계를 가진 작가라는 항구'였다. 낯익은 곳이 아닌 낯선 곳에 대한 갈망, 끊임없이 앞으로 나아가기를 원하는 욕구, 그녀는 먼 곳을 그리워하며 불가능의 삶을 꿈꿨다. 자신에게 변화가 일어나게 해달라고 기도한 것도 일상에서의 탈주를 의도한다. 훨훨 사르는 불꽃이 되어 언젠가 가 닿을 우주에 일찍 도착한 여인, 변화에 대한 간절한 소망이 세상에 짧은 생의 기록으로 남았다. 한 뼘씩 앞으로 나아가는 것으로 만족하지 않고 새로운 세계로 서둘러 떠난 순간, 그녀가 원하던 또 다른 얼굴과 마주했을까.

세월 따라 변하는 것은 한두 가지가 아니다. 자연이 변하고 생활 상태가 변하며 사람의 마음이 변한다. 양적 변화는 진화를 의미하고 질적 변화는 혁명을 의미한다. 한곳에 머물러 있을 때 썩을 수밖에 없는 웅덩이 물처럼, 들어오지도 않고 나가지도 않는 단절된 삶은 퇴보이다. 현재에서 또 다른 곳으로의 탈바꿈은 혼란과 두려움이 따르지만, 그것을 넘어설 때 받을 수 있는 보상은 크다. 사람들은 과감하게 마주한다. 변화는 희망이고 풍요이다. 변화는 행복이고 여유이며, 갈망이고 기대이다. 시간이 흐르는 한 변화는 멈추지 않는다. 세상을 움직이고 그 움직임 속에 삶의 희망이 숨어 있기에 변화에 순응하며 살아가는 것이다.

별이
된
그대에게

매일 기계에서 찍혀 나오는 물건처럼 똑같은 하루, 잘 익은 열매다. 흠 없이 반듯하다. 사람에게 안기는 빛나는 하루는 시간이 지날수록 달라진다. 한입씩 베어 먹는 사과처럼 맛있기도 하고 생각만 해도 침이 고이는 레몬 같기도 하다. 때론 썩는 속도를 따라갈 수 없을 정도로 변하는 생물처럼 검은 기운을 빠르게 퍼뜨리기도 한다. 천차만별로 달라지는 하루는 기쁨과 슬픔을 동시에 품고 있다. 각양각색의 얼굴로 드러나는 하루 중에서 슬픔을 마주해야 하는 날이 있다. 있을 수 없는 일이라고 고개를 저었지만, 믿고 싶지 않은 일을 직시해야만 했다.

직업군인의 길을 걷는 젊은이, 자신에게 딱 맞는 길을 찾았다. 대쪽 같은 성격에 흐트러짐 없는 생활, '진짜 군인'이라는 말을 듣던 동생 같은 조카가 세상을 떠났다. 코로나19 감염병이 창궐하고 확진자와 사망자가 늘고 있던 때라 2주간 가족이 있는 집에도 못 오고 군대에 머물러 있는 시기였다. 숙소에서 잠자듯 죽어있는 그의 검체를 채취했고 코로나19 검사 결과 음성으로 나왔다. 바이러스에 감염되지 않은 젊은이가 무슨 일로 갑자기 숨을 멈췄는지 알 수 없다. 치밀하게 삶의 계획을 세우고 희망을 지니고 있던 28년 차 군인의 죽음을 추적하지 않을 수 없다. 국군통합병원에서 부검을 하고 일반 장례식장에서 상을 치렀다.

군인들이 조문을 왔다. 모두 사복이었다. 정보부에서 근무를 하는 조카는 사복 차림으로 일했다. 1m의 거리를 유지하며 마스크를 착용한 군인들이 조문을 끝내고 바로 떠났다. 오는 사람이나 맞아들이는 사람이나 마스크로 얼굴을 반쯤 가렸다. 갑옷처럼 무장을 했다. 총칼로 맞서 싸워야 하는 전쟁이 아닌, 지금은 신종 바이러스와 전쟁 중이다. 호흡기를 통해 전염된다는 코로나19는 평범한 일상생활을 바꿔놓으며 사람과 사람 사이에 거리를 두게 했다. 이런 상황에 세상을 떠나는 데는 어떤 장해나 걸림돌이 없다는 것을 실감하게 한다. 예리한 칼날같이 날 선 죽음, 거침없음, 저 야멸참 앞에 무슨 이유가 필요하겠는가. 얼음처럼 냉정한 죽음의 정석 앞에 또 한 번 무릎을 꿇는다.

아내와 자식을 두고 세상을 떠난 조카의 동선은 한정되어 있었다. 군대, 집, 교회뿐인 그의 동선에 어느 것 하나 끼어들 틈이 없는데 조용히 사그라진 이유는 의문을 갖게 했다. 아무리 추정해도 잡히지 않는 답은 오리무중이다. 저혈당과 고혈당이 있는 집안에서 살며 자신도 모르게 유전자 질병 하나를 지니게 된 게 이유일까. 그는 15년간 당뇨를 몸에 지니고 있었다. 삶을 계획하고 아내와 아들의 눈빛을 바라보며 행복해하던 희망을 급하게 접어야 할 이유가 무엇이었느냐고, 젊디젊은 그를 일으켜 이유를 묻고 싶다. 남은 자에게 서늘한 단절의 벽을 치는 죽음, 풀 수 없는 미스터리 앞에 인간의 무능을 본다. 갑자기 떠나며 귀띔도 할 수 없는 촉박함이었으리. 누구에게나 차별 없이 다가올 단말마의 고통이 또 한 번 겸손을 불러일으킨다.

팬데믹이 선포된 날 발인을 했다. 세계적으로 대유행인 감염병에 세계보건기구WHO가 발표한 최고 위험등급 팬데믹, 코로나19로 인해 지구촌에 내려진 이름이다. 전염병이 아니라도 많은 사람이 각양각색의 이유로 세상을 떠난다. 사연만 다를 뿐 생의 마지막에 주어지는 죽음이란 이름은 똑같다. 지병이 있든 없든, 행복했든 불행했든, 나이가 많든 적든, 우리를 별이 되게 만드는 죽음. 그는 말없이 떠났고 대전 현충원에 또 하나의 묘석을 세우며 유택을 지었다. 생의 끝이 이렇다면 하늘 뚫을 듯 가졌던 욕심은 무슨 소용이 있을까. 활화산처럼 불타는 욕망의 감정은 얼마나 쓸모없는 일인가. 멋쩍고 용기 없어 사랑한다는 말 한마디 하지 못하고 산다면 얼마나 안타까운가.

태어난 사람은 다 열매다. 씨앗이 발아하여 꽃을 피우고 하나의 인격체로 형성된 열매다. 완전히 익기도 전에 폭풍에 떨어지기도 하고 벌레 먹어 썩기도 하지만 매일매일 햇살에 영글어간다. 자신의 자리에서 충실한 삶으로 세상을 밝히는 빛, 사랑스러운 생이다. 단란한 가정을 이루고 나라의 밀알로 살던 사람, 이승을 밝히던 젊은 빛 하나가 별이 되었다. 거부할 수 없는 손길을 느끼며 당황했을 그를 생각한다. 촉각을 다투는 시간 앞에 애가 타고, 무엇하나 스스로 할 수 없는 절박함 앞에 비로소 삶의 허무와 마주쳤을 그를 생각한다. 우리 가슴에 떠서 어두울 때나 밝을 때나 살아있을 별, 부디 평안하기를. 이승에서 보여준 바르고 정직한 모습, 사라지지 않는 별이 되어 우리 안에 살아있기를 빈다.

몽테뉴는 『수상록隨想錄』에서 '어디에서 죽음이 우리를 기다리고 있는지 모른다.'라고 했다. 언젠가 마주칠 것이고 오로지 혼자 간다는 가르침이 서늘하다. 세월이 아무리 흘러도 죽음은 늘 사람을 두렵게 만든다. 매미가 허물을 벗듯, 이승의 옷을 벗고 저승의 옷으로 갈아입는 것이라고 생각한다면 조금 더 편안하게 맞을 수 있을까. 지금을 충실히 산다면 언제 죽음이 다가온다 해도 후회하지 않을 수 있을까. 선조들과 사랑하는 사람들이 먼저 가 있는 그곳으로 길을 나서야 할 때가 온다면 서슴없이 떠날 수 있을까. 그때를 생각해 남은 시간을 더욱 기쁘게 살고 싶다. 하늘의 별이 되어 세상을 밝히는 그 빛을 만나기 위해 귀한 열매 같은 오늘을 숨 쉰다.

아름다운
도전

무엇이 사람을 살게 할까. 아무도 대신 살아주지 않는 생을 어떻게 헤쳐 나가는 것일까. 몸에 장애를 지니게 되어 모든 것이 불가능하게 되었을 때 사람은 절망한다. 남과 같지 않다는 괴로움으로 소외감을 느끼고 우울의 수렁에 빠지게 된다. 무너질 수밖에 없는 고통 속에서 삶의 의욕을 일으켜 세우는 힘은 무엇일까. 한없이 쏟아 주는 가족과 이웃의 관심과 사랑, 또한 자신의 상황을 이겨내려는 도전의 마음이리라. 생각을 전환하고 피나는 노력이 곁들여진다면 한 사람의 생은 절망을 빠져나올 수 있다. 사람은 위대하고 아름답기에 그렇다.

오랜만에 그녀를 찾았다. 태어날 때부터 온몸이 뒤틀려 자신의 힘으로는 아무것도 할 수 없는 여인, 손가락이 바람개비처럼 제각각 벌어지고 손목은 더 가늘어져 있었다. 1급 장애를 가진 그녀는 말을 하려면 팔과 다리, 얼굴이 저절로 흔들리고 아랫입술은 풍선처럼 부풀어 빛깔이 변해 있다. 한곳을 응시해도 눈동자는 서로 다른 곳을 향하는 그녀가 중학교 검정고시를 패스하고 고등학교 검정고시를 네 번의 도전에 합격했다. 굳은 의지다. 자신의 삶을 개척하며 느리게 한 걸음씩 앞으로 나아가는 여인, 천형과도 같은 장애는 그녀를 더욱 빛나게 한다.

2018년 평창 패럴림픽이 열렸다. 지구촌의 관심은 뜨거웠고 많은 나라에서 참가한 장애 선수들의 열정은 놀라웠다. 장애를 지니고 불굴의 의지로 익혀 온 능력에 최선을 다하는 그들의 땀방울은 감동으로 밀려왔다. 선천적 장애를 갖고 태어난 사람도 있지만 후천적으로 장애를 갖게 된 사람들이 많다. 절망과도 같은 그 상황을 뛰어넘어 선수로 바로 서기까지 얼마나 많은 고난의 시간을 건너야 했을까. 가족의 사랑과 이웃의 도움이 자신의 의지와 하나가 되어 만든 눈물의 승리다. 2018년 패럴림픽은 어떤 절망에서도 일어서야 하는 이유를 깨닫게 해 주었다.

사흘만 볼 수 있기를 소망하던 헬렌 켈러를 생각해 본다. 그녀의 몸은 세상과 단절되어 있다. 눈이 보이지 않고 귀도 들리지 않는 어둠 속에서 앤 설리번 선생님을 만난다. 그녀의 속에서 들끓던 분노와 설움이 잦아들고 죽음처럼 단단했던 흑암의 세상이 무너지기까지 걸어야 했던 삶은 처절했다. 진정한 인간사랑에 가닿아 세기의 역사에 깊은 가르침을 남긴 헬렌 켈러, '행복의 한쪽 문이 닫힐 때 다른 한쪽 문은 열린다. 하지만 우리는 그 닫힌 문만 계속 바라보느라 우리에게 열린 다른 문은 못 보곤 한다.'라는 그녀의 말을 가슴에 새긴다.

나는, 사람 하나를 잃고 골방에 갇힌 버려진 책처럼 지냈었다. 왜 비는 오는지, 바람은 부는지, 화창한지, 햇살에 반짝이는 푸른 나뭇잎조차 무채색으로 보였다. 심장 가운데가 뻥 뚫린 듯, 머릿속이 구멍 난 것처럼 허무가 들락거렸다. 불쑥 솟는 눈물, 퍼덕이는 그리움, 바닥에 내쳐진 한 마리 벌레 같은 무기력, 세상이 바람 숭숭 드나드는 바람 길이었다. 한 사람의 죽음이 이렇게 가슴을 텅 비운다는 사실을 몰랐다. 그가 떠난 후, 정신적 장애를 딛고 일어서고자 도전하고 있다. 자신의 위치를 확인하고 내면을 들여다보며 세상이라는 무대에서 의연히 살아내기 위해 도전을 계속하고 있다.

로봇다리 수영선수 김세진은 두 다리와 오른손이 없다. 보육시설에서 친구들과 어울리지도 못했다. 자원봉사하던 양어머니에 의해 입양된 그는 두 다리의 뼈를 여섯 번이나 깎는 고통을 겪으며 의족으로 일어서 걷기까지 피나는 재활치료를 했다. 마라톤을 완주하고 죽음을 각오한 수영에 도전하며 한국을 대표하는 장애인 수영선수로 우뚝 섰다. 양어머니와 누나의 뜨거운 사랑과 자신의 피나는 노력이 이룬 쾌거다. 장애의 고통을 알기에 또 다른 장애인의 후원자가 되어 한국을 빛내고 있는 그는, 비록 장애를 갖게 되었을지라도 희망을 갖고 살아야 한다고 꿈을 심는 강연을 한다. 그의 강연을 들으면 사람들의 생각은 희망으로 바뀔 것이다.

건강하게 살던 사람이 하루아침에 장애 등급을 받게 되는 경우는 허다하다. 후천적 장애 확률이 90% 이상이라는 통계는 누구든, 언제든지 장애를 지니게 될 수 있다는 말이다. 육체적 장애뿐 아니라 정신적 장애가 얼마나 힘든 삶을 살게 하는지 장애를 겪는 사람은 안다. 법륜 스님은 '이미 일어난 일을 상처로 간직해서 빚으로 만드느냐, 경험으로 간직해서 자산으로 만드느냐는 자기 자신에게 달려있다'라고 했다. 내가 다른 사람이 될 수 없듯 다른 사람 또한 내가 될 수 없기에 오직 스스로의 걸음으로 발짝을 떼어야 한다. 걸림돌은 하나의 디딤돌이 되어 새로운 삶을 살게 하고 아름다운 도전으로 밝은 내일을 약속한다. 절망을 이겨낸 사람들에게 박수를, 막막한 괴로움을 딛고 일어서고 있는 사람들에게 용기를 보내며 두 손을 모은다.

종신서원

　　종신서원은 사람과 사람 간의 혼인처럼 신앙 안에서의 혼인 약속이다. 자신을 온전히 바친다는 의미이다. 내 것은 없는 무소유의 길이며, 오로지 자유의지로 선택하는 단단한 길이다. 종신서원은 신에 대한 인간의 서약이다. 일생을 정결과 순명과 가난으로 살겠다는 결심이며 자신을 도구로 세상의 어두움을 밝히겠다는 투신이다. 절정의 순간에 꽃잎을 떨구는 동백처럼 절정의 시기에 봉헌되는 영혼이다. 아무나 갈 수 없는 길이기에 섣불리 선택할 수도 없고, 선택받았다 할지라도 살아내기가 쉽지 않은 수도자의 길이다. 수녀님의 혼인 잔치는 밝고 신선했다.

　　꽃이 피기 시작하는 계절에 행해진 종신서원 미사에서 아름다운 꽃나무를 만났다. 천사의 모후 프란치스코 수녀회 수녀님 두 명이 주인공이다. 앳되고 예쁜 수녀님의 서원을 축하하며 율전동 성당에 모인 사람들, 사제와 수도자, 수녀님의 가족과 일반 신자들로 자리가 가득 찼다.

평생토록 그리스도교적 완덕을 쌓고자 선하고 훌륭하게 살겠다고 하느님께 약속하는 종신서원에서 수녀님의 모습은 천상 신부다. 미색의 수도복이 흰색보다 더 빛이 나는 것은 영혼이 티 없이 깨끗하기에 그렇지 않을까. 수녀님을 하느님과 혼인시키는 수원 교구 교구장 이용훈 마티아 주교님의 주례는 진솔하고 품위가 있다.

글로리아 원로 수녀님이 성인 호칭 기도를 노래한다. 종신서원하는 어린 수녀를 축하하기 위한 기도이다. 티 없이 깨끗한 목소리다. 수녀님의 노래를 들으며 사람이 이렇게 아름다울 수 있구나 생각했다. 각자 지닌 재능이 하느님 앞에 쓰임을 받고 세상 사람들의 마음에 조용한 파문을 일으킨다. 잔잔한 물결무늬로 감싸인 성전 분위기는 세상 어디서도 느낄 수 없는 평화다. 주교와 사제는 제단에서, 성가대는 성가로, 기록을 남기기 위해 촬영하는 사람까지 자신의 자리에 충실한 성스러운 어우러짐이다. 식이 거행되는 이곳이 바로 천국이라는 느낌이 들었다. 딸을 시집보내는 부모님의 마음은 어떨까 하는 생각이 들었다.

미사를 시작하기 전 한 장면을 보았다. 성전 앞 로비에서 깊은 중년의 남성과 포옹한 수녀, 그의 목을 끌어안고 얼굴을 파묻은 채 좀처럼 떨어지지 않는 모습에서 그녀가 울고 있다는 것을 알았다. 남자는 한 손으로 수녀의 어깨를 퍽, 퍽, 퍽 치며 붉어진 얼굴에 눈물이 가득하다. 말없는 무언의 행동이 얼마나 많은 의미의 말을 하고 있는지 느껴져 울컥했다. 꽃처럼 어여쁜 나이에 이루어지는 혼인식에서 말 없는 행위가 무수한 말을 보여준다. 내게도 그런 기억이 있다. 결혼식 날 하염없이 눈물이 쏟아져 화장이 번지기도 했다. 부모님을 떠나야 한다는 생각과 낯선 삶으로 건너가야 한다는 두려움에 서러웠다. 저 수녀님도 이제까지 살아온 삶과 종신서원을 통한 풀릴 수 없는 경계에서 오는 미묘한 감정의 눈물이리라.

주교님의 주례로 종신 서약을 마친 수녀님이 벨기에에서 온 수도회 총장 수녀님 앞에서도 자신의 서약을 밝힌다. 서약 후 사인을 하고 반지와 목걸이를 받았다. 반지와 목걸이는 죽을 때까지 벗어날 수 없는 서약의 증표이며 배필은 하느님이다. 수녀님은 어느 누구도 함부로 대할 수 없는 신의 부인이 되었다. 평범한 사람이 수도회에 들어와서 생활했고 '예, 주님께서 저를 부르셨습니다. 예, 원합니다.'라고 대답한 종신서원 때의 낭랑한 목소리는 변할 수 없는 한 획이 되었다. 프란치스칸 영성에 따라 세상의 가장 가난하고 소외된 사람을 도우며 살겠다는 수녀님의 서약으로 세상이 정화되고 밝아진다. 일생을 바치겠다는 봉헌의 약속으로 이루어지는 희망이다.

종신서원은 아름다운 혼인이다. 몸은 세상에 살고 있지만 마음은 천상에 살겠다는 약속이다. 드레스를 입지 않아도 빛나는 신부다. 예수님과 사랑에 빠져 일생을 그의 뜻에 따라 살겠다고 공표하는 계약이다. 수도복에 감춰진 몸, 수녀님은 범접할 수 없는 신의 배필이다. 십자가에 못 박혀 피 흘리신 예수의 짝이 되어 세상을 살아간다. 온갖 어려움을 겪는 십자가의 삶을 과감히 선택한 수녀님은 자유의지로 선택한 길이기에 흔들림 없이 굳건하다. 영적 오라에 싸인 수도복의 수녀님은 곧 영적 존재이다. 앳된 여자가 아니고 힘없는 여인도 아닌 이 세상 어둠을 몰아내는 신의 부인이다. 밝고 아름다운 하늘 사람이다.

철새

하늘 도화지에 움직이는 그림을 그린다. 어디 하나 비죽 솟아나는 곳 없이 부드러운 선, 가창오리 군무가 화려하다. 일몰의 화폭에 순식간에 바뀌는 거대한 형태, 몸으로 쓰는 언어이다. 수만, 수십만의 헤아릴 수 없이 많은 철새의 군무를 보며 하나하나가 모여 거대한 소통이 된다는 걸 알았다. 어딘가에 소속되어 펼치는 춤은 행복이다. 함께 모여 펼치는 그림은 힘을 발휘하는 삶이다. 집단과 소집단, 개인이 생을 건너며 그리는 춤은 아름다운 군무이다.

철새의 속성은 겨울을 떠나 따뜻한 곳에 머무는 일이다. 먹이가 풍부한 계절에 머물다 돌아오는 긴 여정 위에 놓여 있다. 나는 듀엣으로 추던 춤을 끝내고 홀로 남았을 때 겨울마다 철새가 되었다. 득득 얼어붙는 한파, 마음마저 공허한 겨울에 따뜻한 나라를 찾는다. 그곳에는 함께 춤을 출 가족이 있다. 어린 새들과 날개를 파닥이며 놀이공원을 휘돌고 성장한 젊은 새들과 즐거운 곳을 산책한다. 한국에서 함께 간 가족들까지 코로나도 섬을 방문해 태평양 바다 끝자락에서 가슴을 펴고, 유명 맛집을 돌며 다양한 음식을 접한다. 그것은 가족이 추는 군무이고 행복을 그려내는 언어이다. 쉼 없는 발걸음으로 삶을 표현하는 미국 샌디에이고에서의 군무는 철새의 날갯짓이며 다양한 형태를 표현하는 내 삶의 그림이다.

철새가 이리 날고 저리 날며 함께 하듯이 사람도 철새처럼 어울려 살고 있다. 뜻이 맞는 사람들과 집단으로 같은 방향을 향해 달리기도 하고 소그룹이 한 방향으로 나아가기도 한다. 철새의 군무처럼 아름다운 모양을 만들기도 하지만 때론 삐죽 솟아났다 갈라지기도 한다. 함께 한다는데 의미를 두고 있다가 한순간 떠나는 것은 무엇을 뜻하는 것일까. 살기 위해 얼어붙는 한파도 같이 견뎌야 하는 것이 사람의 본분인데, 미련두지 않고 형태를 저버리는 정치 철새의 날갯짓은 어디를 향한 날갯짓이고 무엇을 위한 삶이었나. 다시는 돌아올 수 없는 길을 향한 것이 철새의 생이다. 보이지 않을 때도 아름다운 날갯짓을 기억할 수 있는 삶을 보여주기를 바라는 건 꿈이기만 한 걸까.

사람은 철새의 숙명을 지니고 태어났다. 어울려 노래를 부르고 춤을 추다가 슬그머니 대열에서 빠져나와야 하는 때가 있다. 날개를 다쳐 날지 못하고 다리가 부러져 뒤뚱거릴 때 어쩔 수 없이 집단에서 떨어지는 경우가 허다하다. 스스로 떠나올 때도 있다. 그런 때는 조용히 사색에 들 때이다. 생각의 깊이를 더욱 깊게 하고 남은 생을 밝은 눈으로 바라보며 어떻게 살아야 할지 고민할 때이다. 집단과 어울릴 때 가졌던 욕심도 내려놓고 자신의 처지에 맞는 소망으로 갈아타야 한다. 지구촌에 발을 딛고 살다가 말없이 지구촌을 떠나야 하기에 한정된 거리 안에서만 쉬는 숨으로 자신의 행복을 이뤄야 한다. 스스로의 삶에 박수를 치며 돌아서고 더욱이 자신의 생의 길에 감사할 수 있다면 무엇을 더 바라겠는가.

가창오리의 군무를 넋을 놓고 바라본다. 순간의 방향 전환으로 꽃이었다, 폭포였다, 한 권의 책이기도 한 형태는 철새 무용수들의 뛰어난 기량이다. 노을 지는 붉은 하늘에 점으로 그려지는 움직이는 그림은 쉽게 볼 수 있는 것이 아니다. 철새 군무를 카메라에 담으려고 금강하구를 찾았을 때가 있다. 군무 속에 어울리는 새보다 날지 못하고 바닥에 있는 새를 생각했다. 결국은 바닥에조차 없는 누군가를 생각나게 했다. 생을 마감하고 떠난 사람들, 그들도 우리와 함께 어울려 춤을 추던 이들이 아닌가. 언젠가 나도 따뜻한 그곳으로 날아갈 것을 안다. 지금 누리는 날갯짓은 삶이 주는 축복이기에 화폭의 작은 점으로 기쁘게 날고 있다.

출생의
비밀

시대를 거쳐 오며 출산율은 정부의 시책에 따라 달라졌다. 한국전쟁을 겪은 후 삶이 곤곤하던 때는 많이 낳지 말자고 외쳤고, 21세기에 들어서는 많이 낳자고 외친다. 자신의 의지를 굽히지 않고 스스로의 계획을 펼치는 사람이 있는가 하면, 정부의 시책에 마음을 담아 시대를 따르는 사람도 있다. 한국은 지금 저출산 국가이다. 이런 현상은 60년 전부터 펼쳐온 산아제한의 결과이다. 그 시대에 태어난 사람 중 몇몇은 서러운 출생의 비밀을 갖고 있다.

아들 셋, 딸 셋을 자식으로 둔 부모님은 어쩌다 생긴 일곱 번째 생명을 귀하게 생각하지 않았다. 생기는 대로 낳던 시대인 여섯까지는 괜찮은데 많이 낳지 말자고 외치는 시절인 일곱 번째는 없애야 했다. 정부 시책에 충실한 부모님의 일곱 번째 아이는 필요 없었다. 어머니는 아이를 지우기 위해 높은 곳에서 뛰어 내리고 뒹굴고 쓰디쓴 소태를 먹기까지 했다. 온갖 비법을 다 썼는데도 아이는 떨어지지 않았다. 당시 병원을 가지 않고 할 수 있는 유산의 방법은 별다른 게 없었다.

형제들을 통해 생생하게 듣는 아이 지우기 프로젝트는 실감났다. "너를 지우기 위해 엄마가 얼마나 애썼는데" 하는 증언을 수시로 들어야 했다. 나는 세상에 없어야할 생명이었다. 어쩌다 생겨 어쩔 수 없이 태어난 목숨이었다. 그런 반면에 일찍 독립한 언니 오빠들에 비해 가장 오래 부모님과 함께 살았다. 여섯 명의 형제가 무서워하는 아버지의 무릎은 내 의자였고, 어머니의 품은 내 놀이터였다. 마치 손녀를 키우는 할아버지 할머니처럼 부모님의 운동장 같은 품에서 자랐다. 중고등학생 때 부모님이 학교에 모이는 날이면, 어머니는 한복을 입고 쪽진 머리에 비녀를 꽂고 오셨다. 친구들의 현대판 엄마와 비교되는, 누가 봐도 옛날 할머니다. 어머니는 늦게 생명을 탄생시킨 기쁨을 만끽하며 행복한 노년을 지냈다.

사람들은 자신의 의지와는 상관없이 출생의 비밀을 간직하기도 한다. 한 치의 의심 없이 믿고 있던 부모님이, 자신을 낳아준 부모가 아니라는 사실을 알게 되거나 생모로부터 거절되는 일이다. 왕씨 몰살을 할 때의 조선에서는 왕씨 성을 드러낼 수 없었고, 처첩제도가 존재하던 과거에 본처 소생이 아닌 자녀의 삶은 비참했다. 병원에서 아이가 뒤바뀌는 상황은 또 얼마나 잔인한가. 그런 일로 나는 누구인가, 어디에서 어떻게 태어났는가. 살아야 하나, 죽어야 하나 하는 끝없는 질문과 좌절에 휩싸여 괴로워하게 된다. 윌리엄 제임스는 '생각이 바뀌면 태도가 바뀌고 행동과 습관이 바뀌며 결국 인격과 운명이 바뀐다'라고 했다.

세상에 태어난 생명은 모두 소중하다. 방황하지 말자. 인생은 스스로 살아내야 하는 숙제이기에 어떻게 사느냐가 더 중요하다.

한 남자를 만나 결혼을 하며 부모 곁을 떠났다. 그 시대는 골목마다 '딸 아들 구별 말고 둘만 낳아 잘 기르자'는 표어가 붙는 때였다. 나는 아무 걱정 없이 자식 둘을 낳았다. 높은 곳에서 뛰어내리거나 소태를 먹을 필요도 없었다. 할아버지 할머니 같던 부모님이 세상을 떠나고 언니 오빠들을 부모처럼 의지하게 되었다. 세월 따라 형제들도 나이가 들어 깊은 노인 대열에 서있다. 가장 젊은 일곱 번째가 걱정하고 챙겨야 할 상황이 되었다. 큰언니가 고관절 수술했을 때 형제들에게 연락해 함께 병원을 찾아가고, 퇴원했을 때는 음식을 장만해 집에 가서 보살펴 드렸다. 오빠 언니들의 소식을 취합해 교환원처럼 서로에게 전해주고 자주 안부를 물으며 형제애를 키웠다. 언제부턴가 "너 안 낳았으면 어떡할 뻔했니" 소리를 듣게 되었고 지금은 귀에 딱지가 앉을 정도로 듣고 산다.

정부 시책은 시간에 따라 바뀌었다. '둘도 많다' '잘 키운 딸 하나 열 아들 안 부럽다'는 표어에 '하나씩만 낳아도 삼천리는 초만원'이라고 했다. "너 안 낳았으면 어떡할 뻔 했니"하는 다행스러운 일이 아예 빛을 볼 수 없는 상황이 되는 것이다. 산아제한 정책으로 소중한 생명이 탄생이란 이름을 부여받지 못했고, 자유롭지만 외로운 외동이 늘었다. 21세기에 들어 저출산의 추세가 심상치 않다고 느낀 정부가 뒤늦게 출산장려정책으로 돌아섰다. '자녀에게 가장 큰 선물은 동생입니다' '한 자

녀 보다는 둘, 둘보다는 셋이 행복합니다'라는 다자녀 선호 표어가 등
장했다.

시대 따라 표어가 달라지듯 사람들의 생각도 달라졌다. 가임기 여성
이 결혼을 하지 않는 추세가 늘고, 결혼을 해서도 자신의 삶을 소중히
여기는 경향이 크다. 많은 젊은이가 한 사람의 인격체로서의 삶을 더
가치 있게 생각한다. 자식 뒷바라지에 매달려 재능이 퇴화하다 무능해
지는 인생으로 살고 싶지 않다는 뜻이고 자신의 꿈을 펼치며 살겠다는
주장이다. 이런 시국에 세상에 태어나지 못한 무수한 생명에 비해, 탄생
의 축복을 받은 사람들은 어떠한 악조건 속에서도 태어났다. 아무도 우
리의 삶을 막을 수 없고 태어난 이상 행복하게 살 권리가 있다. 출생의
비밀은 우리의 인생을 바꾸어 놓지 못한다. 가슴 아픈 기억에 매이지
말고 개체로서의 나로 살아가자. 세상이 뭐라 해도 꿋꿋이 살아가자.

살아갈 수 있는 기회를 주신 부모님께 감사한다. 인생은 바람 불고
비올 때도 많지만 맑고 행복한 날이 더 많다. 세상에 없었을 사람이 세
상과 마주 하는 일은 무엇과도 바꿀 수 없는 복이다. 그 어떤 슬픔이 우
리를 좌절하게 만들까. 어떤 폭풍이 우리의 생을 꺾을 수 있겠는가. 비
록 축복받은 출생은 아니었을지라도 축복의 삶은 살 수 있는 것이다.
그것은 온전히 자신이 선택할 수 있는 길이다. 나는 없어서는 안 될 소
중한 사람, 죽음을 뚫고 태어난 생명이기에 죽음도 무섭지 않다. 따뜻
한 기운을 퍼뜨리고 사람들의 가슴에 온화한 빛을 전하며 산다. 내 행
동 반경만큼 조금 더 밝아졌으리라 믿는다. 함께 어울려 사는 세상에

작은 빛을 켜고 그 빛 하나씩 나누어주며 서로 행복하게 사는 것은 태어난 사람이 해야 할 일이다. "너 안 낳았으면 어떡할 뻔했니" 안 낳았으면 그만큼 세상은 어두웠을지도 모른다.

친구

딱 부러지게 금 그을 수 있을까. 친구끼리의 관계는 어디까지가 우정이고 어디까지가 사랑일까. 한세상 살면서 여러 친구를 만났지만 몇 년 전 사귄 친구는 좀 다르다. 선이 그어지지 않는다. 만나면 나를 온통 차지하고 안 보면 생각난다. 가끔 만나는 그와의 데이트는 언제나 즐겁다. 우리는 약속한 날짜를 어기지 않는다. 함께 지내는 시간은 달콤해서 꿈결처럼 지나간다. 우정을 넘어선 사랑이지 싶다. 그의 배신이 없는 한 우리의 만남은 꾸준히 이어질 것이다.

바닷물에 갇힌 섬이었다가 썰물 때가 되면 모세의 기적처럼 물이 갈라지는 제부도를 향했다. 마침 물이 빠지고 풍성하고 육감적인 갯벌이 드러났다. 갯벌에 얹혀있는 기울어진 배를 보고 갈매기가 내려앉아 먹이를 찾는 모양을 보면서 섬으로 들어갔다. 그곳에는 연인들이 걷기에 안성맞춤인 목조 다리가 있다. 그 다리를 걸으며 절벽에 솟은 나무를 보고 갯바람을 맞으며 걸었다. 그림자처럼 따라다니는 두 명의 수행원이 그와 동행한다. 수행원이 있어도 우리는 사랑의 눈길을 주고받는다. 탁 트인 바다에서 친구와의 시간은 행복, 그 자체였다.

에버랜드에 갔다. 이곳은 친구와 나의 열정을 불태우기에 딱 맞는 곳이다. 넓은 면적의 갖가지 볼거리와 탈거리를 향해 걷고 또 걸었다. 자동차를 타고 사파리에 들어가자 어슬렁거리는 사자를 보며 친구가 반갑게 인사를 한다. 뚱뚱한 몸을 흔들며 춤을 추는 곰을 신기한 듯 바라보고, 졸린 듯 껌벅이는 호랑이에게 말을 걸기도 한다. 기린과 판다, 거북이도 반가운 친구다. 동물들을 거침없이 대하는 친구의 폭넓은 관계가 부러웠다.

밤의 에버랜드는 낮의 에버랜드와 확연히 다르다. 화려한 불빛이 우리의 마음을 사로잡는다. 보이는 것마다 아름답고 신비한 환상의 나라다. 특히 야간에만 있는 불빛 퍼레이드는 우리의 혼을 쏙 빼놓는다. 퍼레이드가 지나갈 양쪽으로 사람들이 진을 치고 앉아 있으면 카니발 광장에 커다란 마차 모양의 불빛이 다가온다. 고막을 자극하는 흥겨운 음악에 맞춰 머리부터 발끝까지 불빛을 단 사람들이 춤을 추며 지나간다. 뒤이어 서서히 눈앞을 지나가는 인형 같은 사람들과 갖가지 모양의 이모티콘, 30분간 이어지는 행렬에 취해 우리는 마주 보고 웃다가 손뼉을 치기도 하고 소리를 지르기도 했다.

친구와 나는 이제 좀 멀리 떠나보기로 했다. 약속한 날 제주도에서 만났다. 친구를 보호하는 두 명의 수행원은 여전하지만 우리는 개의치 않기로 했다. 함덕 해수욕장 앞에 우리가 묵을 호텔이 예약되어 있다. 4

박 5일 동안 우리는 이곳에 머물 것이다. 우선 바다로 나갔다. 하얀 모래사장이 펼쳐져 있고 바닷물은 맑고 깨끗했다. 완만해서 한참을 들어가야 바닷물에 허리나 가슴까지 담글 수 있다. 쉼 없이 파도가 밀려오면 그것을 타고 넘으며 즐거웠다. 둥근 튜브에 몸을 실은 친구는 한 마리 물고기다. 우리는 지칠 줄 모르는 열정으로 바다와 어울렸다. 해수욕을 그만두어야 하는 오후 7시, 1시간 전부터 시간을 알려주는 방송을 들으며 물놀이를 접어야 했다. 우리에겐 내일이 있다.

친구와 파티를 열었다. 꼭 따라붙는 수행원도 끼워주기로 했다. 제주 호텔에서 먹는 야식, 통닭과 감자튀김은 정말 맛있다. 케첩을 좋아하는 친구는 감자튀김에 케첩을 눈사람처럼 묻혀 먹는다. 한 입 먹고 눈길을 마주치고 두 입 먹고 눈길을 마주치는 우리의 마음은 전선처럼 통한다. 이심전심, 눈빛을 주고받는 것만으로도 행복하다. 통닭과 콜라가 불가분의 관계처럼 친구와 나는 떼려야 뗄 수 없는 관계다. 외로움과 슬픔을 위로해주고 기쁨과 행복을 안겨주는 친구와의 만남은 축복이다. 귀한 인연, 친구를 만난 것에 감사한다.

친구는 수행원과 함께 자고 나는 나 혼자 잔다. 더블 침대와 싱글 침대가 있는 방, 세 명이 잘 수 있는 내 몫의 호텔 방에서 나 혼자다. '떵~똥' 초인종이 울린다. 문을 열어보니 친구가 와 있다. 얼굴 팩 하나를 건넨다. 햇볕에 탄 얼굴을 진정시키라는 얘기다. 나를 빤히 바라보는 친구를 끌어안았다. 향긋한 비누향이 난다. 가슴 가득 행복이 차오른다. 친구가 내게 굿나잇 키스를 한다. 나도 친구에게 굿나잇 키스를 했다.

친구는 수행원이 기다리는 옆방으로 갔다.

우리가 머무는 내내 제주의 날씨는 최고의 청명함으로 이어갔다. 눈부신 햇살도 마다하지 않고 친구와 나의 여정은 줄기차게 이어졌다. 하루는 김녕 미로공원에서 미로를 헤매고 헤매다 기어이 종을 치는 집념을 보이기도 하고 해녀의 집에 가서 전복죽을 먹기도 했다. 해녀들이 보여주는 공연을 관람하고 배를 타는 곳에서 친구와 배를 탔다. 가까운 바다를 한 바퀴 돌아오는 코스였는데 배가 달리거나 커브를 돌 때마다 구명조끼를 입은 우리에게 바닷물이 축복처럼 뿌려졌다. 친구의 즐거운 비명이 그치지 않았다. 소리를 지르기도 하고 웃기도 했던 10분간의 배 타기는 우리 삶의 활력제가 되었다.

제주의 시간도 서울의 시간과 다르지 않게 잘 간다. 내일이면 다시 수원 집으로 돌아가야 한다. 신나게 놀았건만 아쉬워하는 친구를 위해 오늘은 더욱 붙어 다녔다. 물이 빠져나간 바다, 군데군데 남아 있는 바닷물에 새끼 보리멸과 복어가 떼 지어 다닌다. 뜰채로 친구와 같이 잡아보려 했다. 발목과 무릎까지 오는 바닷물을 들여다보며 물고기 떼를 향해 뜰채를 댈라치면 쏜살같이 불꽃처럼 퍼진다. 워낙 빨라서 건져 올릴 수가 없었다. 수행원이 잡은 복어와 보리멸 몇 마리를 관찰하고 놓아주었다. 검은 바위에 붙어있는 소라와 고둥을 떼어 살펴보기도 하는 친구는 관찰력도 대단하다. 지치지도 않는다.

제주 국제공항에서 김포공항으로 향하는 비행기에 올랐다. 친구의 옆자리는 내 차지다. 어디서나 나를 위해 자신의 옆자리를 비워 놓는 친구, 얼마나 줄기차게 놀았는지 비행기를 타자마자 내게 기대어 잠들었다. 곤히 잠든 얼굴을 들여다보며 사랑한다고 속삭였다. 언제까지나 우리는 함께 할 것이라고 말했다. 언젠가 '바빠서 만날 시간이 없다'라고 하며 친구가 돌아서기까지 아니 돌아선다 해도 내 사랑은 변치 않을 것이다. 육 년 전에 만난 내 친구, 여섯 살 손녀는 나의 영원한 친구다. 하늘 길을 나는 비행기처럼 꿈을 펼치기를 손 모아 비는 할미의 소망이 향하는 사랑이다.

한
겨울의
축제

　계절은 어김없이 찾아온다. 멀리 있다가도 이내 다가와 계절
의 이름을 실감하게 한다. 절기마다 담겨있는 분명한 얼굴은 사람들의
고개를 끄덕이게 하는 매력이 있다. 성품에 따라 좋아하는 때가 다르고
스스로 지닌 사연에 따라 다르겠지만, 기다리지 않아도 그때는 온다.
누군가는 봄을, 누군가는 무더운 여름을 기다리며 즐거운 계획을 세운
다. 스쳐 지나는 계절 중, 언제 부턴가 겨울을 좋아하게 되었다. 겨울이
면 색다른 삶의 즐거움을 마주하게 된다. 겨울이 행복하다.
　해마다 크리스마스를 일주일 앞둔 때면 비행기를 탄다. 코끝에 와닿
는 쌩한 한기를 떠나 하루 만에 따뜻한 봄으로 건너간다. 미국 샌디에
이고에 살고 있는 딸이 미리 예약해 놓은 비행기 표는 축제의 서막을
알린다. 좌석에 몸을 싣고 태평양을 건너는 열세 시간은 가슴 설레는
기쁨으로 지루하지 않다. 지상을 떠난 공중의 삶에도 먹고 자고 숨 쉬
는 자유가 있다. 각양각색 구름의 모양을 내려다볼 수 있는 기회이며

내 삶이 어디까지 와 있는지 생각해 보는 여유가 있다. 스튜어디스의 친절한 대접을 받는 즐거움과 딸 가족을 만나는 기쁨, 매일이 축제로 이어질 설렘 가득한 시간이다.

천사의 도시 엘에이 국제공항LAX에 내려 수하물 찾는 곳으로 간다. 승객과 함께 먼 길을 날아와 준 짐들은 각자의 주인과 만난다. 길을 잃지 않고 와준 자신의 짐을 찾으며 반가움과 고마움이 느껴지는 건 모두 같은 마음이리라. 출구로 나가면 딸이 기다리고 있다. 환하게 웃는 그녀를 만나는 것이 내겐 큰 축복이다. 직항이 없어 일본을 거쳐 샌디에이고를 갔었는데 그 행로마저 없어져 엘에이로 간다. 이곳에서 샌디에이고행으로 갈아타려면 짐을 다시 부쳐야 하는 불편함이 있다고 자동차로 두 시간을 운전해 이곳에서 기다린다. 집을 향해 가는 두 시간이 모자랄 정도로 우리는 할 이야기가 많다. 키 큰 야자수 잎이 바람에 넘실대고 햇살이 눈부신 봄으로 건너왔다.

샌디에이고의 하루하루는 놀이기구 앞에서 차례를 기다리는 어린아이의 마음 같다. 세 돌이 코앞인 손녀와 '장모님'을 부르며 깍듯이 살펴주는 사위와 매일 축제를 여는 딸 덕분이다. 크리스마스 날은 트리 아래 빙 둘러 쌓여있는 선물을 하나씩 개봉하며 시작한다. 포장지를 시원하게 벗기는 손녀는 플레이도와 퍼즐 맞추기, 새로운 장난감에 신이 났고 사위는 산악자전거용 장갑과 커플 컵이 선물이다. 딸은 마음에 드는 구두와 스탠드, 내게는 옷과 화장품이 안겨졌다. 포장지와 박스가 산더미같이 쌓여있는 트리 옆에서 모두 행복을 만끽한다. 한국에 사는 동생이 미국 언니 가족에게 보내는 선물까지 겹쳐져 그야말로 축제의 장이다. 해마다 크리스마스 때면 느끼는 즐거움이다.

딸의 시집에는 가족이 모두 모이는 전통이 있다. 크리스마스 날 집집마다 솜씨 발휘한 음식 한두 가지씩 준비해서 딸의 가족은 시부모님 집에 모인다. 사위는 치즈 케이크와 디저트 빵을 준비했고 나는 잡채를 만들었다. 잡채는 미국 사람들에게 인기 있는 음식이다. 채식주의자가 있어 고기를 넣지 않은 잡채와 고기를 넣은 것으로 분류했다. 딸의 시할머니와 시할아버지를 비롯해 시부모님, 시동생, 시누이, 손녀, 손녀의 아기까지 5대가 모이면 큰 집이 꽉 찬다. 손자뻘 어린이가 작년보다 쑥 커있는 것이 신기하고 여전한 모습으로 자리를 지키는 할아버지 할머니도 반갑다. 이제 낯설지 않은 그들과 해마다 마주하는 파티는 동서 국가를 뛰어넘어 인간과 인간의 교감이다. 어느 나라 사람이든 마음에는 따뜻한 사랑이 흐르고 있다는 것을 실감한다.

가족모임의 하이라이트는 마니또이다. 미국에 갈 때가 다가오면 무슨 선물을 준비할까 고민하며 인사동을 헤맨다. 올해는 화가가 직접 그린 부채를 샀다. 먹음직스러운 포도가 풍성하게 그려져 있고 장식용 받침이 있어 어디에든 어울릴 한국적인 선물이다. 미국에서 와인 한 병을 사서 함께 포장했다. 시누이가 번호표를 준비해서 한 장씩 뽑게 한다. 나는 14번이다. 앞 번호가 선물을 살펴보며 마음에 드는 것을 고른다. 이불, 와인, 게임기, 컵, 위스키, 상품권 등 선물이 개봉될 때마다 환성이 터지고 왁자지껄한 웃음으로 축제가 무르익는다. 먼저 개봉된 물건이 마음에 들면 자기 차례에서 그 사람의 것을 가져올 수 있다. 이 부분에선 할아버지 할머니도 없고 부모도 없다. 빼앗긴 사람은 아무리 마음에 든 물건이었더라도 아쉬움을 접고 남아있는 다른 선물을 선택해야 한다.

축제를 마친 넉넉한 마음으로 뜨거운 포옹을 나눈다. 몇 번을 끌어안아도 즐겁다. 딸의 시할머니 시할아버지를 배웅하고 아기 딸린 손녀 가족도 떠났다. 모두 다시 만날 것을 기대하며 기쁘게 헤어진다. 딸은 시어머니, 시누이와 함께 뒷설거지를 하며 더욱 친밀한 정을 나눈다. 어디서나 인정받으며 자신의 삶을 잘 살아가는 딸, 그만큼 웅숭깊게 상대의 입장을 살펴주는 배려가 있기에 가능하리라. 손녀와 놀고 있는 동안 축제의 뒷일이 마무리되었다. 딸의 시부모와 격의 없는 인사를 나누고 우리도 집으로 왔다.

이틀 후면 한국으로 돌아와야 할 때, 딸의 시집 식구들은 다시 모였다. 태평양 바다가 한눈에 보이는 식당에서 식사를 하고 바닷물 위 다리에 있는 찻집에서 차를 마시며 가족애를 나눴다. 인종은 달라도 사돈지간이 된 사연이 우리를 더욱 가깝게 하는가 보다. 그들이 한국에 왔을 때 가을 설악산을 구경시키며 함께 케이블카를 탔다. 부드러운 색감으로 물든 산야에 감탄을 그치지 않고 즐거워하던 모습을 기억한다. 지금 여기 시원한 바람을 온몸으로 맞으며 나누는 웃음이, 마음이, 이야기가 잔잔한 축제다. 옷깃을 펄럭이게 하는 이 바람은 어디에서 불어오는가. 나를 스치는 바람은 또 어디로 흘러가는가. 인생의 흐름이 새삼

스럽다.

영하의 기온으로 하얀 입김을 내뿜을 때, 몸을 움츠리고 종종걸음을 걷는 겨울이 오면 비행기를 탄다. 따뜻한 나라 샌디에이고에서 한 해를 마무리하고 새로운 해를 맞이한다. 어떻게 살아왔는지, 어떻게 살아야 하는지 깊이 생각하는 시기이다. 떠나온 고향이 아련하고 머무는 자리가 아늑하다. 벽난로에 장작을 지피고 밤늦도록 대화를 나누는 행복, 혈육이 주는 선물이다. 한 겨울 축제로 1년 내내 행복한 사람, 감사할 일밖에 없지 않은가. 잠자리에 들거나 아침을 맞이하는 일이 고마운 한 사람이 되었다. 평안하고 포근한 겨울이다.

문제가 닥쳤을 때 받는 충격은 크기에 따라 각기 다른 시간을 요한다. 쉽게 이겨낼 수 있는 낯섦이 있는가 하면 오랜 시간 괴로워해야 하는 일도 있다. 각각의 마음자세에 따라 달라지는 신선한, 익숙하지 않은 하루는 결국 서서히 일상의 평범함으로 돌아오게 된다. 마치 한바탕 꿈속을 헤맨 듯 아련한 흔적을 남기며 멀어지는 익숙하지 않은 하루, 생의 흐름이다.

                                 – 「익숙하지 않은 오늘」 중에서

3부

익숙하지 않은 오늘

그녀의
큐피트

오래된 꽃병은 빛바랜 모양으로 완숙하다. 눈이 번쩍 뜨일 선명함은 사라지고 은은한 부드러움을 지녔다. 잔금조차 무늬가 되어 고풍스럽다. 흘러간 시간 속에 열정과 패기가 있다면, 고요히 내려앉은 지금은 넉넉한 여유로움이 있다. 세상을 관조하는 품격은 세월이 주는 선물이다. 단풍잎 한 장 책갈피에 끼워 두듯, 깊은 가을을 추억하며 지낼 이야기 한 편 새긴다. 작고 작은 바이러스가 일상을 좌지우지할 때, 약속과 취소를 반복하면서도 지치지 않는 사랑을 쏟아준 언니와의 사연이다.

서울을 떠나 용인 실버아파트로 이사를 하려던 큰언니는 코로나 사태가 잠잠해 지기를 기다렸지만, 상황은 좀처럼 나아지지 않았다. 마침 비어있는 아파트를 계약했기에 두 달, 석 달 기다리다가 어쩔 수 없이 짐을 옮겼다. 이사 간 곳은 나이 든 사람들만 모여 사는 아파트라 방역을 철저히 하고 외출을 삼가며, 외부 사람이 들어오는 일도 일절 없게 했다. 시간이 지나자 코로나19 확산세가 주춤했다. 한 자리 숫자로 안

정권에 접어들었을 때 언니에게서 전화가 왔다. 동생들과 밥 먹고 싶다고, 고기 사줄 테니 오라고. 길고 긴 전염병과의 대치에 사람들은 지쳤고 지루한 싸움에 마음도 풀어졌다. 60~70대 동생을 아우르는 대표로서의 관심과 사랑은 뜨거웠고 형제들은 즐겁게 약속을 정했다.

코로나19 전염 상태가 한 자리 숫자에서 불쑥 두 자리 숫자로 늘어나 꾸준히 이어지고 있다. 언니에게서 전화가 왔다. 자식들의 걱정으로 약속을 미뤄야겠다고. 의사인 아들과 딸들이 84세인 엄마가 가장 위험하다고 걱정이 많다는 것이다. 형제들이 만나 즐거운 시간을 갖고 싶은 마음은 굴뚝같지만 시국이 어지러운 상황이기에 장성한 자식들의 말을 들어야 한다. 흔쾌히 의견을 맞췄다. 나는 70대의 오빠들과 언니에게 전화로 소식을 알리고 서로의 건강을 기원했다. 각자의 빛으로 물들어 자신의 삶을 꽃피우고 있는 나이 든 형제들은 젊을 때보다 더욱 아름답고 귀하게 느껴진다.

큰언니로부터 보이스톡이 왔다. 코로나가 나아질 기미가 보이지 않으니 그냥 만나면 어떻겠냐고. 조심하면서 식당에서 식사 한번 하고 자신이 살고 있는 아파트도 구경하라고 한다. 언니는 동생들을 정말 많이 보고 싶은가 보다. 동생들에 대한 그리움을 잠재우기 어려워, 힘들게 견디고 있는 언니를 위해 부부 동반해 올 오빠들에게 다시 연락을 했다. 형제들에게 선물할 마스크를 챙기고 만날 날을 기다리는 동안 서울과 용인의 교회와 광화문 집회로 수백 명씩 코로나 확진자가 나오기 시작했다. 하루아침에 백 명이 넘더니 앞자리 숫자를 바꿔가며 걷잡을 수 없이 늘어났다. 정부는 다시 사회적 거리두기를 2단계로 높였고 우리는 뉴스를 접하며 가슴을 졸였다.

며칠만 있으면 가족 모임이 있는데, 제2의 유행 사태가 벌어지는 상황이다. 바이러스가 사람들의 자유를 빼앗는다. 다시 큰언니의 전화를 받았다. 형제들과의 만남을 무기한 연기한다고. 언니가 살고 있는 용인에도 많은 사람이 확진되어 실버아파트는 들고 나지도 못한다고 했다. 사태의 심각성을 알리며 아파트 방송이 하루 종일 이어진다는 것이다. 통화를 하는 중에도 안내하는 소리가 들려왔다. 나이 드신 분들이 모여 사는 곳이라 경각심을 일으켜 각별히 조심을 당부한다. 언니의 동생 사랑도 감염이 난무한 이런 시대에는 꼼짝없이 발목을 잡힐 수밖에 없다. 미국에 살고 있는 둘째 언니는 못 온다 할지라도, 같은 한국에 있는 형제들과의 만남조차 쉽지 않다.

이산가족이다. 같은 나라에서 만나고 싶어도 만날 수 없다. 가족모임은 성사되지 않았어도 모두 다 같이 코로나 사태를 조용히 견디자고 약속했다. 살다보니 황혼에 접어든 형제들, 삶의 길을 거스르지 않고 곳곳에 숨어 있는 장애물을 넘으며 아늑한 모퉁이에 도달했다. 산을 넘고 강을 건너온 인생 여정, 저녁 빛에 웅숭깊다. 세상의 모든 일을 이해하는 빛이고 세상의 모든 일을 받아 안는 품이다. 큰언니의 동생 사랑은 쉽게 만들 수 없는 품 넓은 관록이다. 온화하고 푸근하다. 세월의 향기를 품고 굽이굽이 흘러온 강물이다. 노을빛에 물든 가슴으로 뜨거운 사랑을 퍼주고 있다.

별들의
잔치

어디에서 왔을까. 작은 별이 빛난다. 그 별을 바라보는 반짝이는 눈동자, 가슴이 뛴다. 몇 년 동안 애쓰며 키운 수고에 기쁨으로 안기는 보상이다. 작은 사람들이 최초의 사회생활을 배우며 그곳에서 익힌 재능을 발휘한다. 살아온 시간이 몇 년 되지 않았는데도 흐트러짐 없이 잘한다. 유치원 창작 발표회에 딸과 사위와 함께 참석했다. 별들의 잔칫날이다.

수원 시민 회관으로 갔다. 앞자리에 앉으려고 일찍 출발했으나 더 일찍 온 사람들이 길게 줄을 서 있었다. 유치원 발표회를 시민 회관에서 하는 것도 놀랍지만 가족들의 열정에 또 한 번 놀랐다. 비누공예로 만든 시들지 않는 꽃다발을 준비하고 넓은 회관을 꽉 채운 가족의 기대와 사랑이 뜨겁다. 무대는 화려한 색깔의 이모티콘 풍선으로 동화 속의 숲처럼 꾸며져 있고 커튼과 조명도 가슴 설레게 한다.

다섯 살부터 일곱 살까지의 어린이가 준비한 재능을 무대에서 펼친다. 악기를 연주하고 합창을 하고 음악에 맞춰 춤을 추는 모습이 여느 K팝 못지않다. 각 반마다 다양한 프로그램을 준비했고 그에 맞게 옷을 맞춰 입은 작은 사람들의 잔치는 정말 훌륭했다. 그들이 무대에 나오면 엄마 아빠는 우리 아들딸이 어디 있나 찾고 이름을 부르며 환호한다. 엄마 아빠가 어디 있나 궁금할 텐데 한눈팔지 않고 앞에 있는 지도 선생님을 보며 자신의 차례에 충실한 어린이들이 의젓하다.

손녀는 씨앗 반이다. '번개맨' 음악에 맞춰 번개맨이 되고 '검정 고무신' 노래에 맞춰 춤을 춘다. 출연할 때마다 바꿔 입은 의상은 깜찍했고 행동은 일사불란했다. 어리게만 생각했던 작은 사람들을 하나처럼 움직이게 한 선생님들의 노고가 느껴졌다. '파티를 망치지 않기 위해서 선생님만 봐야 한다.'라는 말을 손녀로부터 들었을 때 사람의 인지능력이 놀랍다는 생각이 들었다. 선생님과 유치원생이 하나 된 손녀의 첫 발표회는 성공적이었다.

초등학교 입학을 앞둔 일곱 살 어린이들의 부채춤이 마지막 프로다. 화려한 한복을 입고 큰 부채를 활짝 펴서 꽃을 만들고 파도를 만들 때 관람하는 모든 사람들의 환호와 박수가 쏟아졌다. 유치원 창작 발표회로 시민회관은 흥분의 도가니다. 세 시간 동안 열린 잔치에 자신의 몫을 잘 해준 유치원생들이 신통하고 사람이 교육에 길들여진다는 사실이 놀랍다. 태어나 기쁨을 주고, 자라면서 매 순간 행복을 주니 자식은 크면서 이미 효를 다 한다는 말이 실감이 난다.

반짝이는 별들이 엄마 아빠의 가슴에서 빛난다. 출연하는 자식보다 더 행복해하는 부모의 마음은 별을 향한 삶이다. 손녀를 보며 행복해하는 딸과 사위, 그 모습을 보며 나도 행복했다. 손녀의 발표회는 특별한 선물이 되어 가족 모두에게 기쁨이 되었다. 신통하고 사랑스러운 손녀를 꼭 안아 주었다.

봄빛

봄은 햇살의 깊이로 온다. 겨울이 묻어있는 스산함을 따뜻하게 덥히며 온다. 성근 햇살이 그물처럼 촘촘해지고 겉에 와닿던 볕이 속 깊이 스며들면 봄은 완연하다. 열린 대지에서 뾰족이 얼굴을 내미는 푸른 싹과 스치는 바람에 눈뜨는 꽃망울들이 약속처럼 존재를 알린다. 새 생명은 하루가 다르게 크고 산과 들의 분위기는 활기차게 바뀐다. 수원 화홍문 동쪽에 있는 조선 후기의 누각 방화수류정은 사랑이 피어나는 곳이다.

방화수류정 절벽 아래 연못에는 연둣빛 버들가지가 휘늘어져 있다. 그 아래로 오리 몇 마리가 다정하게 오간다. 진달래와 철쭉의 붉은빛이 성곽과 어우러진 이곳은 사람들의 발길이 잦다. 봄볕 따사로운 날 어린 아이의 손을 잡고 한 가족이 왔다. 평화롭게 봄빛을 받으며 연못가 벤치에 앉는다. 할머니와 엄마 사이에서 아이는 오리를 한참 바라보다가 정확하지 않은 발음으로 "오리야~"를 부른다. 그 소리를 들었는지 오리는 "꽥꽥" 외마디 소리를 낸다. 유유히 물위를 헤엄치는 몸놀림이 여유롭다. 아이 엄마와 할머니의 눈빛이 봄빛보다 더 따뜻하게 아이에게 향한다.

이젤을 펴고 캔버스에 그림을 그리는 사람이 있다. 그의 등 뒤에 선 사람들의 눈길은 화가의 붓끝을 따라 움직인다. 버들가지에 돋아난 이 파리 하나하나에 희망의 연둣빛을 찍고 방화수류정에 와닿는 햇살에 옷을 입힌다. 잎사귀와 풀들이 살아나고 자목련과 진달래, 철쭉꽃이 생기를 찾는다. 용연에 비친 정자가 물결에 흔들리며 형이하학적 그림이 된다. 220년 전에 세워진 섬세한 조각의 건축물이 예술가의 손에 새로 읽힌다. 다른 어느 곳 보다 아름다워 이곳의 사계를 몇 년째 그려 오고 있다는 화가의 가슴에 남다른 사랑으로 들어앉은 방화수류정, 그의 마음이 캔버스 위에서 봄빛으로 타고 있다.

한 쌍의 연인이 찾아왔다. 둥글게 다듬어진 철쭉꽃 옆에서 사진을 찍고 벤치에 앉아 도란도란 이야기를 나눈다. 시집을 같이 읽으며 마음을 주고받는 모습은 봄빛에 꽃잎을 열기 시작한 몽우리처럼 아름답다. 같이 있기만 해도 행복한 사람, 대화를 나누며 시간 가는 줄 모르는 즐거운 시절이다. 타인을 자신처럼 사랑할 수 있다는 것은 얼마나 신기한 일인가. 인간은 에로스Eros에 의해 태어나고 스토르게Storge에 의해 양육받으며 필리아philia에 의해서 다듬어지고 아가페Agape에 의해 완성된다는데, 저 다정한 연인은 어느 사랑에 닿아 있는지 궁금했다.

햇살은 동토의 가슴을 녹이고 꽁꽁 언 강물을 풀게 한다. 찬기가 가신 따뜻한 바람을 만들어 스치는 곳마다 봄이 왔음을 알린다. 새싹이 돋아난 늘어진 버들가지가 바람결에 그네를 타고 다양한 꽃나무들이 색색의 봄옷을 입어 화사하다. 자박이는 햇살의 걸음으로 활기찬 봄, 성벽을 망토처럼 두른 수원 방화수류정이 역사의 한 페이지를 지키고 있다. 용연의 물결 그림을 감상하며 마음이 통하는 사람과 편히 앉아 대화 나누기 좋은 곳, 삶의 활력과 위안을 주는 방화수류정이 있어 봄이 더욱 아름답다.

생각
한다

　　세상에는 매일 별의별 일이 다 일어난다. 지구촌에 살고 있는 사람들 숫자만큼이나 다양한 일, 각자에게 다가온 일들은 우연일까 필연일까. 같은 시간대에 울고 웃고 태어나고 죽으며 시간의 바퀴는 돌고 있다. 폭염이 가라앉는 여름의 막바지에 딸 가족이 세워 놓은 휴가에 함께 하기로 했다. 만날 때마다 즐거운 계획을 세웠다. 작년에 다녀온 제주도의 기억을 되살리는 6살 손녀의 부푼 꿈을 들으며 덩달아 행복했다. 과거부터 현재까지 새로운 얼굴로 다가오는 사연 많은 하루는 누구에게나 첫날이고 첫 경험이다. 만나고 헤어지는 요지경 같은 세상, 우리는 결국 무언가를 기다린다.

　　제주도를 가려고 김포공항에 도착했다. 시간을 넉넉하게 예상했는데도 유난히 차가 많은 월요일이라 바쁘다. 짐을 부치고 탑승권을 받기 위해 지갑을 열어보니 신분증이 없다. 분신처럼 지니고 다니는 손지갑에 으레 있으려니 하고 지갑을 들고 온 것이다. 며칠 전 새 차를 구입하기 위해 자동차 마스터에게 전해 주고 복사한 후 돌려받은 기억이 난다. 차에 대한 설명을 놓치지 않으려고 한가할 때 지갑에 잘 넣겠다는 생각에 가방에 넣어두고 깜빡 잊고 있었다. 어떻게 해야 하나. 수원 집에 다녀오는 수밖에 도리가 없다고 생각하는 순간, 누군가 공항동 사무소에 가서 임시 신분증을 만들면 된다고 알려 주었다. 우리가 타야 할 비행기 탑승 안내가 들린다. 딸과 사위, 손녀는 탑승구로 들어가고 나는 밖으로 나와 택시를 탔다.

김포공항에서 공항동 사무소는 약 20분 정도 걸린다. 택시를 타고 가며 딸과 통화를 하는 급박한 시간이다. 동사무소에 도착하자마자 곧바로 민원실로 달려갔다. 마침 지갑에 증명사진을 갖고 다녀서 바로 신분증을 신청할 수 있었다. 기다리는 시간이 천금이다. 비행기가 10분 지연되었다는 소식을 접했다. 승무원과 이야기가 되어 있는 상태라 문을 닫지 않고 기다리고 있다는 것이다. 임시 신분증을 찾는 대로 공항으로 달려가면 탈 수 있겠다는 기대를 했다. A4용지 절반 정도 크기의 신분증을 받아 들고 밖에 나와 택시를 탔다. 비상 깜빡이라도 켜고 달려주면 좋으련만 택시 기사님은 서두르지 않는다. 신호를 지키며 차분차분하게 간다. 비행기 이륙 3분 전, 딸과 마지막 통화를 마치고 비행기는 떠났다.

공항에 도착해 표를 사고 대기자가 되었다. 5분 10분, 혹은 15분 20분마다 있는 제주행 비행기는 거의 만석으로 이륙한다. 한두 자리 빈자리가 나면 내 앞 번호가 채워져 떠나는 것이다. 83번, 마냥 기다려야 한다. 오늘 제주도에 갈 수 있을지도 모를 일이다. 비로소 007 작전처럼 귀에 휴대폰을 대고 분초를 다투며 뛰어다닌 일이 생각난다. 할머니를 두고 먼저 가야 하는 손녀의 걱정이 이만저만이 아니라는 말을 들었다. 가족을 먼저 보내는 내 마음도 안타까웠다. 세상일은 마음먹은 대로 되지 않는다. 하고 싶다고 안 될 일이 되지 않고 하기 싫다고 될 일이 안 되지도 않는다.

50분이면 가는 제주도에서 딸은 사진을 보내온다. 푸를 청靑 하늘에 깨끗한 흰 구름, 넓고 흰 모래밭, 얕은 바닷물에서 뜰채로 새끼 복어와 보리멸을 잡는 모습이다. 자기 옆자리는 할머니 자리로 정해놓은 손녀가 모래사장에 '할머니 빨리 오세요'라고 쓴 편지 사진도 있다. 같은 시간에 나는 공항에 있고 가족은 제주 바다에 있다. 그나마 다행인 것은 미국 딸에게 갈 때 이런 사태가 벌어지지 않았다는 사실이다. 공항에서 언제 떠날 수 있을지 막연히 기다리는 것은 참으로 막막한 일이다. 한 치의 오차도 없이 차례로 불림을 받는 대기자들, 그저 말없이 순서를 기다린다. 기다리다 지쳐 포기하는 사람이 몇 명 발생하며 내 번호는 차근차근 앞으로 갔다.

대기자 명단이 많이 줄어들었지만 아직도 앞에 20명 이상이 있다. 식당에 들어가 저녁을 먹었다. 시간은 가는데 시간 가는 줄 모르는 공항이다. 좀처럼 줄지 않는 인파, 그들이 지니고 있는 삶의 색깔을 생각한다. 자신에게 맞는 투명한 공이 각자의 가슴에 안겨있다. 살아온 시간만큼 채워진 모래시계를 본다. 가지각색이 어우러져 있다. 밝고 어둡게, 흐리고 진하게, 넓고 좁게 채워진 공은 모두 아름다운 작품이다. 힘들고 고통스러운 삶이어도 간간이 웃는 일로 선명한 희망의 색이 그어져 있다. 비어있는 남은 생은 어떤 빛깔로 채워질지 모르는 삶, 슬픔이거나 기쁨이거나 개성 있고 빛나는 삶이다. 새삼, 절망해서는 안 된다는 생각이다. 자신을 대신한 모래시계는 색색의 아름다운 그림을 투명한 공에 그려 넣고 있기 때문이다.

딸이 탄 비행기는 낮 12시에 출발했고 내가 탄 비행기는 오후 7시 20분에 출발했다. 7시간 넘게 공항에 있으며 가고 오고 떠나고 남는 사람들 틈에서 색다른 삶을 경험했다. 비행기는 50분 만에 제주국제공항에 착륙했다. 짐 찾을 일 없이 홀가분하게 출구로 나가자 딸이 'Welcome to JeJu ○○○ 여사님'이라고 쓴 A4 용지를 들고 환하게 웃는다. 다가가 포옹하는 순간 공항이 떠나갈 듯한 함성이다. 놀라서 살펴보니 자카르타 아시안게임 축구경기에서 우리나라가 골인에 성공하는 순간이었다. 커다란 텔레비전마다 사람들이 몰려 있다. 우리 웃음소리가 묻히는 함성을 들으며 공항을 빠져나온다. 같은 시간대에 세상 곳곳에서 일어나고 있는 갖가지 일들, 지구촌이 옆 동네처럼 가깝게 느껴진다.

언어의
미학

서로 소통하기 위해 언어만큼 중요한 게 있을까. 눈으로 말하거나 글, 혹은 몸으로 표현하기도 하지만 언어만큼 좋은 의사전달 방법은 없다. 밤새도록 우는 아기를 달래기 위해 '괜찮아, 괜찮아' 단 한마디로 마음이 편안해졌다는 시인 한강의 시를 생각한다. 한마디의 언어는 마음을 전하는 데 필수 조건이 아닐 수 없다. 우리말이 지니고 있는 아름다움이 세계로 퍼져나가고 있다. 성악, 유행가, 드라마에서도 가장 필요한 말, 한국어가 대세다.

아이돌 가수 방탄소년단BTS은 외국 무대에서 한국어로 노래 부른다. 세계의 젊은이들은 방탄소년단의 한글 노랫말을 따라 부르기 위해 한국어 공부에 열광한다. 우리가 외국 노래를 부르기 위해 영어를 공부했듯이, 외국인들이 한글과 한국어를 공부하는 시대가 되었다. 유럽, 미국, 아시아 등지에서 한류 붐을 일으키고 미국의 음악 잡지 빌보드 차트에 이름을 올리며 한국을 알린 BTS, 그들의 노래는 감미롭다. 한국어는 음률과 어울려 더욱 신선하고 아름다운 언어가 된다.

인도네시아의 찌아찌아족은 고유 문자가 없어 한글을 부족의 문자로 결정했다. 전 세계 수많은 언어 중 한글을 선택한 이유는 한류 열풍의 덕이다. 그들은 한글을 알기 전부터 드라마 대장금의 인기로 한국을 알고 있었다. 유네스코에서 소수민족의 역사와 문화를 기록하도록 독려했을 때 찌아찌아족은 한글을 수입해 쓰기로 한 것이다. 초등학교와 중학교에서 한글을 배우고 상류층이 많이 다니는 고등학교에서는 한국어를 배운다. 거리의 표지판이 한글로 되어있는 그곳 사람들은 한국어가 낯설지 않다. 우리의 한글, 우리의 자랑스러운 언어이다.

남태평양의 섬나라 솔로몬 제도가 한글을 표기 문자로 채택했다. 그곳의 섬 과달카날과 말레이타 주지사가 서울대학교에 요청하면서 한글 보급이 시작되었다. 중학교와 고등학교에서 한글을 이용하고 있으며, 앞으로 한국은 솔로몬 제도 전체에 한글 보급을 확대할 계획을 갖고 있다. 우리 민족도 한글 창제 이전에는 우리 글자가 없어 한자를 빌려 썼다. 다행히 훈민정음을 창제한 세종대왕 덕분에 우리글 우리말을 갖게 되었다. 유네스코에서는 1990년부터 매년 문맹퇴치에 공이 큰 사람들에게 세종대왕 문맹퇴치상King Sejong Literacy Prize을 주고 있다. 세종대왕이 만든 한글이 가장 배우기 쉬워 문맹을 없애기에 최적의 글자임을 세계가 인정한 것이다.

미국에서 사위와 손녀가 왔다. 친정을 찾은 딸과 같이 온 것이다. 함께 지내는 동안 한국 사람은 영어에 물들고 원어민 사위와 손녀는 한국어에 물들어 갔다. 아이스크림콘은 작은 플라스틱 숟갈을 꺼내서 떠먹을 수 있게 되어 있다. 간식을 먹는 중 한국에 사는 일곱 살 손녀가 숟갈을 빼 달라고 하자 네 살 원어민 손녀가 대뜸 "I want 빼줘"라고 해서 가족 모두가 폭소를 터뜨리는 일이 생겼다. 그 후 미국 손녀는 한국어를 사용하는 횟수가 하루가 다르게 늘어갔다. 밤에 잠자러 가자고 할 때 "No 자러" 한다거나, 나가자고 할 때 "No 나가" 하는 비빔밥 같은 언어를 만들어 내곤 했다. 기막힌 언어의 조합이다.

한글은 표음 문자이다. 사람이 말하는 소리를 기호로 나타내는 글자라는 뜻이다. 아침글자라고도 불리는 한글은 배우기 쉬워 세계인의 관심을 받고 있다. 미국이나 호주의 몇몇 대학에서는 한국어를 제2외국어로 지정해 놓았고, 많은 외국인들이 한국어를 익히기 위해 열정을 쏟고 있다. 한국어 취미반 수업을 시범 교육으로 시행하던 인도도 한국어를 정규과목으로 채택했다. 중고등학교에서 한국어를 배우는 인도 학생들의 열정이 뜨겁다는 뉴스를 접하며 세계 속의 한국, 세계 속의 언어가 자랑스럽다. 쿠알라룸푸르 스리푸트라 과학중등학교 역시 말레이시아에서 가장 먼저 한국어 수업을 시작했다. 덕분에 "독도가 한국 땅인데 일본이 자기 땅이라고 우긴다."라는 내용을 타국의 학생들에게 자연스럽게 알릴 수 있는 계기도 되었다.

한국어는 세계인의 사랑을 받고 있다. 시인 김동명은 우리말이 '불멸의 향기가 있고 황금의 음률이 있으며 생각의 감초인 보금자리가 있다'라고 노래했다. 또한 시인 故황금찬의 시에서는 '한글은 우리말의 집이며 영혼의 말을 적은 글'이라고 했다. 시인과 작가들이 우리글로 마음을 표현하고 창작하는 일은 언어의 집을 짓는 일이 아닐 수 없다.

세계에서 인정받고 동경하는 나라로 자리 잡는 국가, 한국은 빛나는 우리말, 아름다운 언어를 갖고 있다.

　마르지 않는 계곡의 물처럼 풍요한 언어의 잔치 속에 살아간다. 사람뿐 아니고 세상의 모든 동식물은 각자 자신의 언어로 의사소통을 하며 살아가고 있다. 지저귀는 새들의 목소리는 그들만의 소통이 되고 격렬하게 우는 매미의 울음도 그들만의 언어일 것이다. 나비나 개미들이 서로의 뜻을 전달하는 데는 더듬이만 아닌 소통하는 나름의 언어가 있지 않을까. 사람이 들을 수는 없지만 나무나 꽃, 잡초도 자신들만의 언어가 있을 것이다. 사람이 눈짓, 손짓으로만 말해야 한다면 세세한 마음을 어떻게 표현할 수 있겠는가. 1446년에 반포된 한글로 인해 우리는 지금 글과 말의 풍요 속에 살고 있다. 아름다운 우리말이 사랑스럽고 모국어로 글을 쓸 수 있어 행복하다.

익숙하지 않은 오늘

먼동이 튼다. 창문이 점점 밝아진다. 눈꺼풀에 와닿는 빛의 손길이 느껴진다. 같은 듯 같지 않은 하루, 새로운 시작이다. 매일의 삶은 예측할 수 없는 특별한 일로 색다른 환경을 안겨준다. 오래 함께 했던 사람이 떠나기도 하고 한 몸처럼 같이 살던 물건을 떠나보내기도 한다. 사연 많은 매일은 하루도 똑같지 않다. 간간이 폭죽을 터뜨리기도 하고 때때로 폭탄을 터뜨리기도 하는 짓궂은 장난에 인생은 울고 있는 단막극이다. 운명을 거스를 수는 없지만 운명에 대처하는 마음 자세는 바꿀 수 있지 않을까 생각한다. '원하는 감정은 받아들이고 원하지 않는 감정은 버림으로써 감정의 주인이 된다'라는 작가 에릭 메이슬의 가르침을 가슴에 새기며 현실을 직시한다.

어느 날부턴가 혼자 살게 됐다. 때마침 혼밥, 혼술이 유행처럼 번지는 시기였고 자연스럽게 그 대열에 동승하게 됐다. 어색한 날이 흐른다. 스스로의 본질을 잃어버린 허공에 뜬 날이다. 익숙함이 파열된 시간은 다시 쓸 수 없는 산산조각 난 접시처럼 낯설었다. 차원이 다른 세상으로 넘어와 그 세계에 섞이지 못하는 어색함이다. 아침에 눈뜨는 순간부터 잠자리에 드는 순간까지 낯섦과 마주했다. 익숙하다는 것은 얼마나 다정한 말인가. 얼마나 익숙한가는 얼마나 친숙한가와 다르지 않다. 혼자된 지 몇 년이 지나자 낯섦도 서서히 잦아들었다. 익숙하지 않은 하루가 익숙한 하루로 건너오고 있다. 낯설고 불편했던 삶이 자연함으로 다가오고 있다.

놀이공원을 자주 접하지 않은 이유로 갈 때마다 낯설지만, 유치원생 손녀 덕분에 에버랜드와 친숙해지고 있다. 가족 모두 연간 회원권을 갖고 있어 언제라도 소풍 삼아 다녀오는 곳에서 우리는 현실을 잊는다. 어른이든 아이든 동심으로 돌아가게 하는 동화 속 풍경, 모두가 주인공이다. 이곳에는 삶의 괴로움이 없다. 어디에도 슬픔은 없다. 꽃으로 장식한 궁궐을 거닐며 행복한 공주가 되고 판다와 기린에게 말을 걸며 같은 종이 되기도 한다. 사파리를 구경하며 동물들의 움직임에 눈길을 빼앗기기도 하는 낯선 환경이 주는 기쁨에 푹 빠진다. 화려한 야간 퍼레이드와 불꽃놀이는 환상이다. 일상을 떠난 황홀한 낯섦이다. 낮은 낮대로 밤은 밤대로 가슴 들뜨게 하는 놀이공원을 찾는 횟수가 잦아질수록 익숙함의 세계로 넘어가고 있다.

딸들이 새 차를 사 준다고 한다. 16년을 탔으니 바꾸라는 것이다. 주행거리 10만 킬로면 아직 젊은 승용차 아닌가 하고 생각했다. 몇 번 고장 나긴 했어도 고치고 나면 새 차처럼 편안했다. 한 몸처럼 함께 했던 SM520은 기쁜 일에나 슬픈 일에나 동행한 분신이었다. 사랑과 행복을 키워준 고마운 분신을 떠나보내야 한다는 건 익숙함을 내려놓는 일이다. 그리움을 가슴에 묻고 당분간 익숙하지 않은 날들을 지내야 한다. 익숙해지면 멀어지고 낯선 것은 받아들여야 하는 것이 삶인가 보다. 한결같은 날들이 크고 작은 변화로 인해 충전된다. 새로 맞이해야 할 승용차도 머지않아 익숙해질 것이다. 더불어 생은 활기를 찾는지도 모른다.

니체는 '익숙하지 않은 것에 대한 호의를 가지라'라고 했다. 예측하지 않게 낯선 환경으로 내몰릴 때 불안하거나 황당하지만 그 상황을 즐겁게 받아들이라는 것이다. 지금 낯설어도 언젠가 익숙해지고 또다시 멀어지는 것이 생의 순리라는 메시지다. 문제가 닥쳤을 때 받는 충격은 크기에 따라 각기 다른 시간을 요한다. 쉽게 이겨낼 수 있는 낯섦이 있는가 하면 오랜 시간 괴로워해야 하는 일도 있다. 각각의 마음자세에 따라 달라지는 신선한, 익숙하지 않은 하루는 결국 서서히 일상의 평범함으로 돌아오게 된다. 마치 한바탕 꿈속을 헤맨 듯 아련한 흔적을 남기며 멀어지는 익숙하지 않은 하루, 생의 흐름이다.

중독

　앉으나 서나 가물거리는 것, 눈을 감아도 보이는 증상은 사라지지 않는다. 폐부 깊숙이, 아니 정신 깊숙이 사로잡혀 오로지 그것만 생각하는 사람들, 자신에게 즐거움을 주고 때론 한없는 나락에 빠져들게 하는 그것은 생의 전부가 되기도 한다. 죽는 날까지 그 속에서 살다 죽고 싶은 욕망을 품게 한다. 희열이고 보람이며 흡족한 기쁨이 되기도 하면서 고통을 주는 그것에 웃고 우는 사람들, 밤낮으로 열병에 묻혀 산다. 우연히 찾아온 그것은 종류에 따라 증상도 다르다. 중독, 단 한 번의 삶을 어떻게 살아야 하는지 깨닫게 해주는 지침이다.

　둘째 오빠는 머리가 비상했다. 평범한 사람의 생각과 행동이 아닌 남다르고 특별한 언행을 했다. 학생 때 우연히 알게 된 바둑에 재미를 붙여 빠져들기 시작한 그는 성인이 되어서도 내내 기원에서 살았다. 주로 내기 바둑을 두곤 했는데 도낏자루 썩는 줄 모르는 시간을 보내며 밤낮을 구분하지 못했다. 어느 날은 기분 좋게 풍성하고 어느 날은 좌절하며 괴로워했다. 냇가에서 노는 아이가 점점 깊은 곳으로 빠져드는 것 같은 불안감이었다. 세월이 흘러 마작, 경마에도 손을 댔으며 도박은 그의 발목을 놓아주지 않았다. 가족과 친척의 걱정은 물위에 뜬 기름일 뿐이었다. 황홀한 유혹에 사로잡혀 일확천금을 노린 굴곡진 삶의 끝, 깊은 노년의 그는 지금 무슨 생각을 하고 있을까.

2인 1조로 봉사를 다니던 때 알코올 전문병동에 가게 되었다. 강사가 강연하기 전 유인물을 나눠주고 뒤에서 커피를 타 주면서 마주친 환자들은 지극히 정상이었다. 남성과 여성의 비율이 3대1로 꽤 많은 여성들이 알코올에 중독되어 치료를 받고 있었다. 기분 좋아서 한 잔, 때론 괴로워서 마시던 위로의 한 잔이 한 병, 두 병이 되고 횟수가 늘어 술 없이는 살 수 없게 된 것이다. 자신의 의지로 다스리지 못하는 유혹, 중독이다. 규칙적인 병원 생활에서 같은 처지의 사람들과 어울리며 벗어나고자 애쓰고 있었다. 새로 들어온 입원 환자가 울고불며 몸부림칠 때 회복되어 가는 사람들은 자신을 보는 듯 마음 아파했다. 누구나 처음 입원하면 그 과정을 겪는다고 한다. 습관화된 달콤한 중독에서 벗어나지 못하고 2차 3차 입원을 거치며 결국 가정이 파괴되는 불행을 겪기도 한다. 무엇을 삶의 중심에 두고 어떻게 살아야 하는지 생각하게 하는 시간이었다.

『고삐 풀린 뇌』의 저자 데이비드 J. 린든은 쾌감이 우리 뇌에 어떤 영향을 미치는지 파헤쳤다. 일상생활에 숨어 있는 다양한 중독은 사회와 어우러지지 못하는 마비에 다다르게도 한다. 담배, 음식, 약물, 운동, 인터넷, 소비 중독 등 사소한 습관으로 시작해 깊은 습관이 되어 정상적인 생활을 어렵게 하기도 한다. 삶에 뿌리를 내리는 유혹의 손길이다. 스키너의 실험 상자에서 실험용 쥐가 먹이를 제치고 쾌감을 느끼는 페달만 밟다가 결국 죽는다는 실험은 많은 것을 깨닫게 한다. 죽음도 무섭지 않게 만드는 정신적 쾌감의 위력이다. 달콤함에 빠져들게 하는 무서운 힘이다.

우연히 만난 문학은 나를 잠식해 들어왔다. 처음엔 마음의 일부분이더니 갈수록 세를 불렸다. 시간이 지나자 그 품을 벗어나 살 수 없는 단계에 접어들었다. 어느 날 텅 비어버린 가슴에 들어찬 문학, 밤낮으로 그것을 안고 뒹굴었다. 눈물과 괴로움은 그 가슴에서 위로를 받았고 안위와 평안도 그 가슴에 자리를 잡았다. '글을 쓴다는 것은 넘을 수 없는 벽에 문을 그려 넣고, 그 문을 열고 들어가는 것이다.'라는 작가 크리스티앙 보뱅의 말을 생각하며 자나깨나 그 품을 파고들었다. 한 편의 글이 형태를 갖출 때마다 찾아오는 달콤함, 중독이다. 괴로움은 선물을 낳았고 슬픔은 풍요를 낳았다. 넉넉하고 행복한 중독이다.

중독은 종류에 따라 결과도 다르다. 메마른 삶에 꽃이 피고 열매를 맺어 삶의 보람을 안겨 주기도 하고, 지니고 있는 모든 것을 빼앗아 황폐함을 남겨 주기도 한다. 한 번뿐인 인생에서 어떤 삶을 살아야 하는가는 스스로 결정해야 한다. 누구에게나 주어진 자유의지로 어떤 길을 향해 가야 할지 깊이 고민해야 한다. 생의 끝에 안기는 결과는 자신의 선택에 대한 갚음이다. 오늘도 많은 사람이 중독이라는 이름에 흡수되어 흐르고 있다. 색깔과 맛과 향기가 다른 얼굴, 얼마만큼의 깊이로 젖어들고 있을까. 하루 지나면 하루만큼 이틀 지나면 이틀만큼 블랙홀에 빠져들게 하는 중독의 얼굴은 생사의 갈림길에서 달콤하게 손짓하고 있다.

뜨거운 가슴

　생물이 살아가기에 적정한 온도는 얼마일까. 내리막이 깊은 영하의 기온은 자유롭게 성장하지 못해 괴롭고, 오르막이 높은 영상의 기온은 숨이 턱턱 막히는 고통이다. 언젠가부터 내리막도 오르막도 완화되더니 지구의 온도는 점점 뜨거워지기 시작했다. 한겨울에 얼음 어는 속도가 느리고 한여름 불볕더위가 되는 속도는 빠르다. 깊은 가을이 봄인 줄 알고 꽃을 피운 장미나 목련을 볼 때면, 온도에 속은 자연의 눈이 안타깝다. 약 40억 년 전 지구에 탄생한 이후 현재 남아있는 1,400만 종이 넘는 생물은 죽지 않고 살기 위해 지구의 온도가 더 오르지 않기를 바라고 있다.

　생물은 생명을 지닌다. 생장, 생식, 진화, 자극 반응성 등이 생물의 특징이다. 아리스토텔레스가 분류해 놓은 생물계와 무생물계를 나누지 않아도 생물은 크게 동물과 식물, 미생물로 나뉘는데 모두 지구에서 호흡하며 지구의 변화에 적응하고 있다. 기온이 오르는 지구에서 소멸되지 않기 위해 최대한 견디고 있는 생물은 자신이 살고 있는 상황에 맞게 변화하며 진화하고 있는 것이다. 뜨거워지는 지구에서 더 이상 견딜 수 없는 임계점에 다다르면 7,600만년 전에 멸종된 공룡처럼 이름만 남기고 사라질지도 모른다.

　지구의 급격한 온도 변화는 생물의 생존을 위협한다. 전 세계에서 일어나고 있는 태풍, 폭염, 폭우, 가뭄은 지구의 온도가 1도 올랐다는 증거이다. 지구에 존재하는 한 더 이상의 온도를 올리지 않기 위해 지금 우리는 탄소 중립을 외치고 있다. 지구 온난화를 일으키는 탄소를 배출량 0으로 만들면 기후 변화로 인한 위험을 크게 줄일 수 있기 때문이다. 일상 속에서 저탄소 생활을 실천하는 건 어렵지 않다. 일주일에 한 끼 채식을 하고 투명 PET는 라벨을 떼어서 분리 배출하는 것. 조깅 하이킹 등 운동을 하며 쓰레기 줍기와, 메일함을 정리하면 된다. 이메일 1통은 이산화탄소 4g을 발생시킨다는 사실이 놀랍다.

　지구가 비명을 지를 때 혜성같이 나타난 환경운동가가 있다. 2003년 스웨덴 스톡홀름에서 태어난 그레타 툰베리는 8살 때 기후 변화에 대한 이야기를 처음 듣는다. 그 심각성에 사람들은 왜 아무것도 하지 않는지 의문을 품었고 그것에 대해 공부하기 시작했다. 심각한 우울증을 겪을 정도로 기후 변화에 위기를 느낀 소녀는 15세가 되던 해 스톡홀름 국회의사당 앞에서 기후 변화 대책 마련을 촉구하는 1인 시위를 벌인다. 그 후 그녀의 행보는 빠르게 전 세계 사람들의 가슴을 흔들었다. 툰베리는 16세의 나이로 UN 기후 행동 정상회의에서 연설을 했고 각국 정상들이 온실 가스 감축, 각종 환경 공약을 내세우면서도 실질적 행동은 하지 않고 있다고 비판했다. 그녀는 주장한다. 0.1도라도 줄이는 게 중요하고 지금 당장 시작해야 한다고. 지구는 툰베리가 자기를 살려줄 거라고 믿고 있다. 그녀는 지구를 사랑한다.

기후 위기가 눈앞에 닥친 심각한 문제라는 것을 과학자들은 안다. 알면서도 그것을 알리는 데 열성적이지 않았다. 이 시점에서 오존 구멍이 뚫리고 있는 것은 지구의 경고라고 그레타 툰베리가 세상에 알리기 시작했다. 탄소 배출로 인한 환경 문제가 지구 온난화를 부추기는 심각한 문제라는 것을 전 세계 사람들에게 인식시키기 시작한 것이다. 2050년까지 탄소배출량 0을 달성하겠다고 서약한 나라들이 있지만, 탄소 배출 규제라는 환경문제에서 자유로울 수 없고, 친환경만을 고집할 수도 없는 양날의 칼이 현재를 살고 있는 우리 손에 쥐어져 있다.

평균 온도가 1.5도 올랐을 때 지구는 사막화가 일어나고 폭염이 심해지며 식량 생산은 감소되어 생물은 서서히 사라지는 단계에 이른다. 평균 기준 1도가 올라있는 현재 얼마나 많은 자연의 비명을 들어야만 하는가. 물과 불의 폭력에서 벗어나고 후대가 살기 좋은 나라를 만들기 위해선 지구의 뜨거워지는 가슴을 식혀주어야 한다. 지구가 아프다. 그 가슴에 깃들어 사는 우리도 더 아프기 전에 심각성을 인식하고 나서야 한다. 당신도 살고 나도 살기 위해, 지구를 살리는 데 마음을 모으자. 더 이상 지구 온도가 오르지 않고 우리 모두 평화로운 삶을 살 수 있게 우리 모두가 마음을 모아야 한다.

세상의 모든 바람은 흔드는 기술을 갖고 있다. 가만히 있는 나뭇잎을 흔들어 반짝이게 하고 고요한 호수 표면을 흔들어 주름을 잡는다. ~ 바람에는 책임이 따른다. 무겁든 가볍든 자신의 행위에 따른 결과를 만든다. 책임만 남겨두고 조용히 사라지는 속성도 있다. 떠나는 뒷모습, 바람이 해찰해 놓은 것을 외면하고 싶어도 그것으로 오래 가슴앓이를 하게 한다.

- 「바람의 날개」 중에서

4부

바람의 날개

같이
가실까요

연극과 뮤지컬은 인생 예술이다. 진한 애환이 담긴 무대 위의 삶을 보면 우리의 일상생활이 묻어 있어 가깝고 친근하다. 이 세상에 살고 있는 사람 중에 무대 위의 삶을 벗어나는 생이 있을까 싶다. 누구에게나 적용되는 아픔과 상처, 기쁨과 행복이 빛을 내는 연극과 뮤지컬은 배우의 말과 행동으로 우리의 삶을 대변한다. 나무 한 그루가 계절 따라 다양한 날씨를 경험하듯, 사람은 삶이 시작된 순간부터 생의 고난을 체험한다. 무대에 오른 일생을 통해 위로를 받고 위로 하면서 자신의 힘겨움을 이겨낸다. 기쁨이 있으면 자석 같이 슬픔이 따라오고 행복이 있으면 단짝처럼 절망이 따라붙는 인생에서, 마르첼라와 나는 함께 문화예술을 감상하는 도반道伴이다.

27년 전 딸이 초등학생 때 걸스카웃 단장 엄마였던 그녀를 처음 만났다. 쾌활하고 씩씩한 마르첼라의 모습은 누구나 거리감 없이 다가서게 했고 스스럼없는 언행은 친숙함을 주었다. 같은 가톨릭 신자였다는 것과 가톨릭 사진가회에 함께 입회했다는 관계로 우리는 친구가 되었다. 그녀는 내가 지니지 못한 자유로움을 갖고 있다. 자신감이 없어 머뭇거리는 나에게 늘 먼저 손을 내민다. "사진 찍으러 가는데 같이 가요, 회식하러 같이 가요." 갈 생각이 없다가도 그녀가 가자하면 자연히 따라나서게 된다. 다녀와서는 참 잘했다는 생각이 든다. 세월이 흘러 "연극표가 생겼는데 같이 가요"로 바뀌었다. 꾸준히 관심을 주고 우정을 전해주는 그녀의 배려로 우리는 여전히 관계를 유지하게 되었다.

마르첼라와는 가족끼리도 알게 되었다. 그녀의 집안일에 내가 참여하고 나의 집안일에 그녀도 참여한다. 가족이나 마찬가지처럼 허물없는 사이가 되었다. 그녀와 나의 우정을 아는 딸들이 나서서 연극이나 뮤지컬 표를 구매해 주기 시작했다. 미국에 있는 큰딸과 한국에 있는 둘째 딸이 번갈아 표를 마련해 마르첼라와 같이 갈 수 있게 해 준다. 연극 〈장수상회〉가 붐을 일으킬 때 큰딸이 '표를 예매했으니 언제 어디로 가면 된다'고 연락을 했다. 한국에서 사람들의 관심이 한창인 연극을 미국에서 표를 사는 시대이다. 소셜 네트워크 서비스SNS가 발달한 21세기를 살고 있다는 것을 실감한다. 우리는 연극을 관람하며 생의 애환에 같이 웃고 같이 운다. 그녀는 생각 외로 여리고 세심하다. 마음을 보듬어주고 이해할 때 더욱 사랑스러운 사람이 된다. 연극을 관람한 후 함께 밥을 먹고 시간을 보내며 우리는 더없는 단짝이 되었다.

〈엄마와 2박 3일〉 연극을 관람하러 가자고 마르첼라의 문자가 왔다. 딸이 표를 예매해 놓고 둘이 관람하라고 했다는 것이다. 바쁘게 사는 엄마들의 시간을 배려해 같이 갈 수 있는 때를 골라 준다. 이 연극은 10년 동안 공연이 이어져 왔다. 이번 공연은 10주년 기념 공연이라 더욱 기대를 갖게 한다. 햇살이 화사한 봄날 수원 문화의전당 대극장을 향한 우리의 마음은 소녀처럼 즐겁다. 젊을 때는 가족 돌보느라 정신없이 살았다. 자식 다 출가시키고 스스로의 삶을 살아가야 하는 이때 문화생활을 누릴 수 있게 해주는 자식들이 고맙다. 가족을 위해 헌신한 젊음이 헛되지 않았다는 보람을 느낀다. 〈엄마와 2박 3일〉은 모녀의 끈끈한 사랑이 드러나는 연극이다. 세상 모든 엄마와 딸이 공감할 수 있는 내용이며 대극장 객석을 가득 채운 사람들은 감동의 도가니에서 함께 숨죽였다.

마르첼라와 나는 뮤지컬도 자주 보러 간다. 〈맘마미아〉〈겨울왕국〉〈엘리자벳〉 등 여러 뮤지컬을 감상하면서 무대 위의 삶을 간접 체험한다. 주인공의 괴로움에 같이 가슴앓이하고 즐겁고 행복한 삶에는 덩달아 기뻐한다. 살아가는 일이 힘든 것은 나 혼자만의 것이 아니라는 것, 세상 모든 사람은 어디에 살든 삶의 애환을 지니고 있다는 것을 알게 된다. 좁게는 나와 이웃, 멀게는 전 세계 사람들의 생활상을 느낄 수 있는 뮤지컬을 보며 누구의 삶이든 아름답다는 생각을 한다. 아프면 아픈 대로 행복하면 행복한 대로 또 서글프면 서글픈 대로 삶은 고귀한 것이다. 딸들의 배려로 문화예술을 접하는 행복한 마르첼라와 나는 폭넓은 삶의 애환을 통해 뒤늦게 철들고 있다.

무언가 꾸준히 같이 할 수 있는 친구가 있다는 것은 참으로 감사한 일이다. 인생의 고락이 드러나는 연극과 뮤지컬을 감상하면서 마르첼라와 나는 정을 나눴다. 일상생활 안에서 삶의 애환도 함께 나눈다. 그녀가 몸이 아파 어둡고 캄캄한 절망의 터널을 지날 때 말없이 어깨를 끌어안고 같이 울었다. 막막한 걸림돌을 무사히 빠져나오길 엎드려 기도하며 그녀는 또 하나의 나라는 걸 느낄 수 있었다. 내게 하늘이 무너지는 아픔이 왔을 때 그녀 또한 기댈 어깨가 되어 주었다. 절망하여 축 늘어진 손을 잡아주고 같이 눈물 흘려주었다. 묵묵히 자신의 정성을 쏟아주었다. 연극보다 더 연극 같은 삶을 사는 우리는 서로에게 힘이 되는 사이다. 세월이 흐르고 흘러도 지금처럼 '같이 가실까요' 할 수 있었으면 좋겠다. 함께 공연을 감상하며 오래 울고 웃을 수 있기를 바라본다.

눈뜨는
봄 1

　　가난에서 벗어나지 못하고 다른 나라의 도움을 받거나 벗어
나고자 발버둥 쳐도 어쩔 수 없는 한계에 발목 잡혀있는 곳이 있다. 제3
국가인 그곳은 자신의 안위를 위해 권력의 최상에서 국민의 삶을 좌지
우지하는 사람의 욕망이 숨어있다. 순박한 백성은 벗어날 수 없는 삶에
길들여져 흐르는 대로 흘러간다. 밖을 내다볼 수 없고 소통할 수 없는
폐쇄된 공산사회주의, 그곳이 문을 연다. 한 사람이 마음을 바꾸니 세상
이 떠들썩하다. 지구촌에 하나 남은 분단국가 한반도의 허리끈이 풀리
려나보다.

　　21세기 들어서도 요지부동 전쟁 준비에 혈안이 되어 있던 북한, 핵실
험이 성공했다고 환하게 웃던 김정은이 달라졌다. 남한과 정상회담을
하겠다는 것이다. 핵을 폐기하고 전쟁 없는 평화의 나라를 원한다는 것
이다. 매번 물밑 회담을 하곤 다시 보지 않을 듯 등 돌리던 지난날을 생
각하면 반신반의하면서도 기대가 되었다. 북한에 가족을 두고 있는 이

산가족들은 상봉의 감격을 가슴에 묻고 한 사람 한 사람 세상을 떠나고 있다. 정전 65년이 흘러 더 이상 버틸 힘이 없는 상황에 핵전쟁의 두려움을 종식시키고 평화 회담을 한다니 기쁜 일이 아닐 수 없다.

믿을 수 없는 일이 일어났다. 남한의 대통령과 북한의 최고 위원장이 만나 악수를 하고 포옹을 하며 오랫동안 닫혀있던 투명한 담을 넘나들었다. 서로 손을 굳게 잡고 단 한 발짝으로 북한 땅을 밟고 남한 땅으로 건너오는 모습을 보는 순간 세계는 환호했고 우리는 눈물을 흘렸다. 프레스 센터에 모여 있는 외신 기자들은 환한 얼굴로 자국에 이 소식을 타전했다. 이렇게 쉬운 것을, 무엇이 우리의 마음을 가둬놓았을까. 정상 회담을 하고 발표하는 광경과 두 정상 부부의 만남은 역사에 길이 남을 페이지가 되었다. 이제까지 단 한 번도 없었던 일, 사람들의 마음에 함박꽃이 피게 하는 남북정상회담이다. 의견 조율이 잘 되어 평화의 통일로 갈 수 있다면 얼마나 좋을까.

우호적으로 서로를 대하는 최고 정상의 모습은 마치 부자지간 같은 느낌이 들었다. 도보 다리를 평화롭게 산책하며 나누는 담소, 고개를 끄덕이며 수긍하는 모습은 화사한 봄날처럼 마음이 따뜻했다. 북한에서 미사일을 발사하고 핵실험을 하며 전쟁의 불안이 밀려올 때마다 플로리다에 사는 언니는 전화를 해서 걱정을 비쳤다. 전쟁이 나면 너는 딸이 있는 샌디에이고로 가고 오빠와 언니, 동생 가족은 플로리다로 오라는 말을 잊지 않았다. 전쟁이 났는데 비행기나 탈 수 있겠느냐고 하면 사람을 탈출시키기 위해 비행기에 태워 다른 나라로 보내게 되어 있다는 것이다. 어릴 때 전쟁을 겪은 언니는 그 상황이 얼마나 참혹했는지 알기에 더욱 가슴을 태우는지도 모른다. 정상회담이 끝난 며칠 후 언니와 통화를 했다. 피란민이 되어 다른 나라로 가는 일은 없을 것이니 걱정하지 마시라고 하자 나이 든 언니의 환한 웃음이 태평양을 넘어 내내 가슴을 덥힌다.

북한의 김정은은 평화의 길로 가기 위해 두 가지 조건을 내세웠다. 체제 안정과 경제 성장이다. 전 세계가 반대하는 핵을 폐기하고 평화의 길로 가는 대신 자신의 자리를 확고하게 하고 경제적으로 발전하길 원한다는 것이다. 유학파 김정은이 마음을 바꿔준 것은 고마운 일이나 그런 일이 잘 이뤄질지는 미지수다. 새로운 문물을 받아들여 지적으로 깨어난 사람들이 갇혀있던 시대의 독재체제에 적응할지 의문이고 다른 나라의 자유민주주의를 알게 된 그들이 그 체제에 따라줄지도 의문이다. 핵을 완전히 없애기만 하면 북한이 경제적으로 부흥하게 해 주겠다고 미국은 약속했다. 과연 북한이 이웃나라와 소통하고 전 세계의 호응을 얻어 안정되게 살아가게 될지 궁금하고 자못 기대가 된다.

역사는 흐른다. 수명이 아무리 길어졌다 해도 사람은 때가 되면 떠나야 한다. 사람은 가도 역사는 남기에 오점을 남기기보다 좋은 획을 남길 수 있기를 바라는 마음이다. 첫발을 내디딘 평화협정이 쉽지야 않겠지만 얽혀있는 끈을 하나하나 풀어 좋은 방향으로 나갔으면 한다. 일본의 식민지 시대를 지나 한국전쟁을 거치고 고비고비 정치적 어려운 상황을 겪어낸 사람들의 소망은 더욱 간절하다. 모든 일은 때가 있다. 수십 년 닫았던 마음의 문을 열고 2018년 봄에 좋은 뜻을 세상에 밝혔으니 좋은 열매 맺기를 기원한다. 후세에 통일이라는 선물을 안겨줄 수 있다면 이 시대의 우리는 역사에 진 빚을 갚는 기쁨이 될 것이다.

〈 2018년 7월 〉

눈뜨는
봄 2

계절은 어김없이 오고 가지만 한번에 오고 한번에 가지 않는다. 올 때 몇 번의 실랑이를 벌이고서야 제자리를 찾고 갈 때도 몇 번의 변덕을 부리고서야 제대로 간다. 반기지 않아도 때가 되면 찾아오는 계절도 겨울 속의 봄이었다가 봄 속의 겨울이었다를 반복하면서 자리를 잡는데, 하루에 열두 번 바뀔 수 있는 사람의 마음은 오죽하랴. 하물며 국가와 국가 간은 어떻겠는가. 70년간 적대관계였던 북한과 미국이 회담을 한다. 수많은 이견을 과감히 물리치고 전쟁 없는 평화를 의논하러 만나기로 했다. 북미회담은 전 세계인의 이목이 집중되는 이슈다.

오래 만나지 않은 사람은 대화가 없었기에 사소한 일로 오해를 사기도 한다. 서로의 심중을 이해할 수 있는 힘이 부족한 것이다. 회담을 하겠다고 날짜를 정해놓은 상태에서도 북한과 미국은 여전히 적대관계의 속내를 드러냈다. 개구쟁이 골목 싸움처럼 막말을 주고받았고 취약한 부분을 후벼 파며 서로를 비하했다. 이 상태에서 회담이 이뤄질까

하는 의문이 생겼고 공연히 더 큰 사건이 터지는 건 아닌가 걱정스러웠다. 그런 가운데 북한은 약속한 날짜에 풍계리 핵실험장을 폭파했고 그날 밤 미국의 트럼프 대통령은 회담을 하지 않겠다고 선언했다. 이런 좋지 않은 상황에서의 회담은 얻을 것이 없다는 트럼프의 결정이고 '대화를 구걸하지 않겠다'라던 북한은 곧바로 '아무 때나 어떤 방식으로든 마주 앉아 문제를 풀어나갈 용의가 있다'라고 했다. 고무줄을 당기고 놓는 단계를 넘어 엎치락뒤치락하는 반전을 지켜보며 우리의 마음이 덜컹거렸다.

세계의 이목이 집중된 북미정상회담, 고전 끝에 회담을 하기로 재결정됐다. 장소는 판문점, 평양, 제3국 등 어디서 할 것인지 한참 고민하더니 최종적으로 싱가포르로 정해졌다. 날짜도 처음 정한 날짜에 하기로 했다. 2018년 6월 12일이 다가올수록 싱가포르는 두 나라 정상을 맞을 만반의 준비를 갖췄고 북한과 미국도 정성을 다하는 분위기이다. G7 정상회담 중이던 미국 대통령이 회담을 끝내지도 않은 상태에서 싱가포르를 향해 출발할 정도로 북미 정상회담은 큰일이라는 것을 짐작할 수 있었다. 앞서거니 뒤서거니 김정은과 트럼프의 싱가포르 도착, 그들의 행보는 스릴 있는 영화를 보는 듯 흥미로웠다. 세계가 지켜보는 가운데 이뤄지는 북미회담은 기대가 되었고 어떤 결과가 나올지 궁금했다.

북미회담이 열리기 전날 밤 김정은은 싱가포르 몇 곳을 둘러보는 파격적 행보를 했다. 관광산업개발을 꿈꾸고 있는 그가 유명 관광지에 왔으니 살펴보겠다는 의지일 텐데 은둔의 지도자가 거리낌 없이 세상 밖으로 나오는 것이 신기했다. 자연스럽게 시민들을 향해 손을 흔들고 함께한 사람들과 셀카를 찍는 모습을 보며 마음이 바뀌긴 바뀌었구나 하는 생각이 들었다. 중국에서는 김정은을 가장 센 80년대생이라고 한다. 3천 명의 취재진과 전 세계인의 눈길을 사로잡는 것을 보니 그럴듯하다. 두 시간 동안 지하 쇼핑몰과 자본주의의 첨단 지역을 둘러보면서 그는 무슨 생각을 했을까. 전쟁의 꿈을 버리고 서로 손을 맞잡아 같이 발전해 나가고, 너도 살고 나도 사는 상생의 기쁨을 나누겠다는 결심을 했을까.

사회주의 국가 상징인 인민복을 입은 김정은과 빨간색 파워 타이를 맨 트럼프가 만났다. 두 나라 정상의 만남은 믿어지지 않는 사실이다. 말 한마디 행동 하나를 뛰는 가슴 부여잡고 바라보았다. 휴먼 드라마 주인공으로 나선 그들은 모두 사람이다. 자국의 이익을 위해 나선 대표다. 수십 년 적대관계를 뛰어넘어 최대한 예의를 갖추려 노력하고 있었다. 한반도의 운명을 가를 140분의 회담 후 오찬을 끝내고 둘이 잠깐 산책을 한다. 남북정상회담 때 문재인 대통령과 김정은 위원장이 도보 다리를 거닐며 대화를 나누던 모습이 생각났다. 도보 다리 위의 벤치에서 나누던 둘의 모습이 얼마나 다정해 보였던가. 김정은과 트럼프도 서로 뜻을 맞춰 진정한 평화를 이뤄나가기를 바라는 마음이다.

평화의 전주곡이 울렸다. 첫술에 배부를 수는 없지만 양국 정상의 만남은 적대 관계를 청산하고 평화의 길로 함께 가는 화해의 시작이다.

완전하고 검증 가능하며 되돌릴 수 없는 핵 폐기CVID와, 북한의 체제안정 범위 내에서 경제성장의 뜻을 서로 나눴다. 쉽지 않은 회담이다. 앞으로 몇 번의 회담을 더하고 얼마나 더 서로에게 실망하거나 가슴을 쓸어내리며 관계를 유지해 나갈지 모를 일이다. 찰떡궁합처럼 붙어 다니던 사람이 어느 순간 얼음벽을 중간에 들여놓는 사이가 되고, 좀처럼 친하기 어려운 사람이 한순간 둘도 없는 친구가 되기도 한다. 세계평화를 위해, 한반도의 평화와 행복을 위해 손을 맞잡고 눈길을 맞추었으니 역사에 길이 남는 획 하나 그어주길 간절히 바라본다.

〈 2018년 7월 〉

바람의
날개

세상의 모든 바람은 흔드는 기술을 갖고 있다. 가만히 있는 나뭇잎을 흔들어 반짝이게 하고 고요한 호수 표면을 흔들어 주름을 잡는다. 때론 걷잡을 수 없이 세차게 불어 우뚝 서있는 나무의 뿌리를 뽑아내기도 한다. 생에 일어나는 바람은 행복과 불행의 칼을 쥐고 있다. 바람에는 책임이 따른다. 무겁든 가볍든 자신의 행위에 따른 결과를 만든다. 책임만 남겨두고 조용히 사라지는 속성도 있다. 떠나는 뒷모습, 바람이 해찰해 놓은 것을 외면하고 싶어도 그것으로 오래 가슴앓이를 하게 한다.

부유한 종갓집 아홉 남매의 셋째인 아버지는 잘 생겼다. 훤칠한 키에 호감형 이목구비, 탄탄한 직장에 심성마저 모질지 못했다. 그의 주위에는 남자든 여자든 가리지 않고 사람이 몰렸다. 가진 것이 많으면 빼앗기게 마련인가. 자신의 에너지를 밖으로 퍼 나르기에 바빴다. 경제적으로 육체적으로 달라는 사람에게 주고 원하는 사람의 손길을 마다하지 않았다. 양이 있으면 음이 있는 법, 집안은 한 번씩 폭풍이 일었다. 칠남매를 등에 멘 아버지의 책임이 어머니에게 떠맡겨졌다. 바람에 휘둘려 살던 아버지는 말년에 잠잠해졌고, 어깨에 짊어졌던 모든 짐을 내려놓고 고요히 세상을 떠났다. 생의 길에서 책임은 어깨를 통해 온다는 깨달음 하나를 가슴에 품게 했다.

50년 전 여의도 밤섬을 오갈 수 있는 다리는 한 개 밖에 없었다. 배를 타고 넘나들던 여의도를 한눈에 바라보는 청소년기에 장마철이면 연중행사처럼 물난리를 목격해야 했다. 세찬 바람과 쏟아지는 빗줄기에 황톳물이 한강 다리를 넘실거렸고 온갖 집기들이 빠른 속도로 떠내려갔다. 사람들은 강둑에서 가슴을 졸이며 그 광경을 지켜봤다. 한밤중에 살려 달라는 소리가 들린다. 칠흑 같은 어둠 속에 흙탕물에 섞여 떠내려가던 사람이 어딘가에 걸려 부르짖는 절규이다. 우리는 잠을 이룰수 없었다. 아침에 밖에 나오면 폭풍이 벌여놓은 난장을 발견하게 된다. 사람의 힘으론 만들 수 없는 일이 고스란히 드러나 가슴을 서늘하게 했다. 세차게 흘러가는 흙탕물을 보며 미친 듯이 휘몰아치던 바람을 생각했다. 상처만 남겨놓고 사라진 바람, 해마다 기승을 부리던 물난리의 기억은 오래 남아 있다. 세월이 지난 21세기, 한강에는 32개의 다리가 놓여 있다. 육지화된 여의도에 부는 바람은 과거를 모르는 또 다른 바람이다.

바람 타고 온 바이러스와 전쟁을 벌이고 있다. 수많은 사람을 감염시키고 폐를 먹어치우는 신종 코로나19가 세계를 휘돌고 있다. 국가와 국가를 멀어지게 하고 사람과 사람을 섬으로 만든다. 살랑살랑 흔들며 한두 명 포섭하더니 무더기로 수십, 수백 명씩 전염시키기도 한다. 바이러스의 바람을 잠재우기 위해 손을 자주 씻고 마스크를 착용하며 조심해도 속수무책으로 퍼져나가는 그것을 멈추게 하긴 쉽지 않다. 조선의 의학자 허준은 열이 있는 급성전염병을 정면 대결하며 사람을 치료했다. 무더기로 죽는 병자들을 보며 가슴을 태웠고, 결국 전염병의 실태를 파악해 전염병 전문의서 『신착벽온방』을 출간했다. 미지의 전염병에 휘둘리는 21세기에 16세기 의사 허준을 모셔오고 싶다. 세계기록유산인 동양의학서 『동의보감』을 통달하면 이 난국을 이겨낼 수 있을까.

사람이 지닌 바람기와 삶의 안전을 헤집는 폭풍우, 불쑥 찾아오는 전염병은 어느 소굴에 숨었다가 발현하는 것일까. 책임을 묻기도 전에 어질러 놓은 일은 모른 체 소리 없이 사라진다. 남은 사람에게 엄청난 책임을 전가하고, 휩쓸고 지나간 아픈 발자국의 잔재로 깊은 후유증을 앓게 한다. 미친 짓에 휘둘린 사람들만 구렁텅이에서 벗어나기 위해 발버둥 치게 한다. 선과 악이 공존하는 세계, 악을 보며 선의 고귀함을 알고 선이 있기에 악을 구별하여 이겨낼 수 있다. 세상에 살아있는 동안 어쩔 수 없이 대결해야 하는 바람의 세력, 그 일렁이는 어깨를 눌러 잠재우기 위해 자연환경을 살리는 일에 눈을 떠본다. 힘을 기르는 것 밖에 달리 도리가 없다. 오늘도 내 안의 선을 바라보며 흔들리지 않을 굳은 심지 하나 세운다.

〈 2020년 3월 1일 〉

여름의
얼굴
- 2018년 여름

살아가면서 견뎌야 할 일이 여럿 있다. 사람 사이에 일어나는 갈등, 경제적 손실이 불러오는 좌절 등 예측하지 않은 일이 삶에서 불시에 일어나곤 한다. 부딪쳐 깨질지라도 사생결단을 내는 사람이 있는가 하면 바닥에 내려앉아 겨우 숨 쉬며 견디는 사람도 있다. 시간이 지나면 해결되거나 해결되지 않은 상태로 결과를 맞기도 한다. 지금이 그런 때가 아닌가 한다. 111년 만에 찾아온 가마솥 더위를 견디는 사람들, 전쟁이 따로 없다. 무더위가 지나갈 때까지 최선을 다해 견뎌야 한다.

폭염이다. 기온은 연일 40도를 육박하더니 기어이 41도를 찍기도 했다. 3주째 이어지는 폭염이다. 방송에선 온열질환으로 목숨을 잃는 사람의 소식을 전하며 물을 자주 마시고 한낮에는 그늘이나 실내에서 휴식을 취하라고 권한다. 에어컨을 켰다. 더위가 사라진다. 시원한 최적의 환경에서 밖의 더위를 잊는다. 내가 편하면 다른 사람의 불편함을 느끼지 못하는 아이러니다. 가진 자가 없는 자의 서러움을 모르듯, 누리는 자가 누리지 못하는 자의 소외감을 모르는 일이다. 체온보다 더 높은 온도의 쪽방에서 견디고 있을 외로운 사람들이 생각났다. 에어컨을 껐다.

잠 못 이루는 밤이다. 최저기온이 25도 이상인 밤을 열대야라 하는데 30도 이상을 기록하는 초열대야를 지나고 있다. 여름 날씨가 이상기온이 된 걸 보니 심각한 지구 환경이 느껴진다. 삶과 연관 없는 환경이 없고 환경과 관련 없는 삶도 없다. 시간이 지날수록 늘어나는 차량의 배기가스가 온난화 현상을 일으켜 지구의 온도를 높이고, 바짝 마른 나뭇잎들이 부딪쳐 일어난 자연재해가 대기를 오염시킨다. 서울의 25배 면적이 탔다는 스웨덴의 산불은 1미터 깊이의 재속에 숨어있는 잔불로 인해 눈이 내려야만 완전히 꺼질 거란 예측이다. 지구의 온도가 달궈지는 원인들, 이런 상황을 견디기만 해야 할까. 문제를 해결해야 할 방법이 나와야 하지 않을까. 인류와 지구가 걱정스럽다.

날이 밝았다. 좀처럼 식지 않는 폭염을 견뎌야 한다. 이런 무더위에는 일상생활을 소극적으로 하고 무더위 쉼터에서 쉬어야 한다는 뉴스를 방송에서 계속 내보낸다. 집에서 견디기보다 그런 곳을 찾아가야겠다는 마음에 몇 권의 책과 요기할 간식을 갖고 도서관에 갔다. 입구에 들어서자 시원하다. 기분이 상쾌하다. 홀을 지나 열람실에 가보니 앉을 자리가 없다. 폭염이 사람들을 독서 열풍으로 몰아넣었다. 휴게실에는 가족 단위로 라면과 과일을 먹고 한쪽에서 책과 휴대폰을 보기도 한다.

비어있는 의자 하나를 찾아 앉았다. 바로 옆자리에 아빠, 엄마, 여섯 살쯤 된 누나, 유모차에 아기까지 일가족이 피신을 와 있다. 라면을 먹으며 연신 아기에게 밥을 떠먹여 주는 젊은 엄마를 보는데 눈물이 핑 돈다. 난리 통에 업은 자식 입에 먹을 것을 넣어주던 주름진 어머니 사진이 떠올랐다. 살아남기 위해 애쓰던 그때처럼 지금 우리는 폭염의 난리를 겪고 있다.

새벽에 눈을 뜨면 매미는 벌써 깨어있다. 맹렬한 몇 겹의 코러스다. 어두운 밤 잠들기 전까지 쉬지 않고 합창하더니 꼭두새벽에도 같은 알람으로 울린다. 부지런한 매미의 유난한 여름, 생존의 날갯짓이 정겹다. 한 영혼을 떠나보내고 처절하게 울던 때가 있었다. 바닥으로 추락한 마음은 길을 잃었고 쏟아지는 눈물만이 통곡을 대신했다. 그때의 울음이 저 맹렬한 매미의 울음과 비교할 수 있을까. 세상의 한복판에서 불행의 주인공으로 표적이 되던 날, 삶이 어깨를 쓰다듬으며 말했다. 고통이 잦아들 때까지 견뎌야 한다고. 사는 일은 견디는 일, 슬픔도 외로움도 폭염도 견뎌야 한다.

요가
예찬

　사람마다 궁합이 맞는 운동이 있다. 과격한 스포츠를 좋아하는 사람이 있는가 하면, 잔잔하면서도 팽팽한 긴장감이 있는 스포츠를 좋아하는 사람도 있다. 어느 쪽도 속하지 않았던 나는 운동 없이 살았다. 그저 숨 쉬는 것이 유일한 운동이었다. 우연찮게 딸의 권고로 요가를 하게 되었다. 스포츠 센터에 등록을 한 후 일주일에 세 번 참석하며 말로만 듣던 요가를 했다. 굳을 대로 굳은 몸이 동작을 따라 하기는 쉽지 않았다. 한마디로 돈 내고 벌선다는 생각이 들었다. 이렇게 힘들게 운동을 해야만 하는가 하는 생각도 들었다. 일 년 등록을 해 놓은 게 아까워 마지못해 나갔다.

　정통 요가 동작과는 먼 몸 형태를 그렸다. 비 오듯 땀을 흘리고 바들바들 떨면서 비슷하게라도 해보려고 애썼다. 난생처음 규칙적인 운동을 하게 된 것이다. 시작부터 혹독한 훈련의 시간을 거쳐서인지 시간이 지날수록 조금씩 나아졌다. 센터에 가면 샤워를 하고 뜨끈한 욕탕에 몸을 담근다. 만나는 사람들과의 인사도 익숙해졌다. 요가 복을 입고 참여하는 50분이 견딜만해졌다. 운동을 마치고 최고의 이완 상태에서 듣는 요가 음악 Peace And Power의 음률은 명상의 극치를 느끼게 한다.

시간이 흘러 요가는 내 삶에 없어서는 안 될 동반자가 되었다. 운동을 하지 않았다면 뻣뻣하게 굳었을 몸이 부드럽고 가벼워졌다. 문외한이 운동에 빠져들었고 생활의 일부가 되어 삶이 경쾌해졌다. 꾸준한 수련이 마음과 몸을 변화시키고, 즐겁고 행복한 삶이 된다는 것을 알게되었다. 마음 통일을 위해 이용된 인도의 수행법이 내게 온 것은 행운이다. 6천 년쯤 전 인더스 문명 시대를 거쳐 온 요가를 기적처럼 21세기에 만났으니 행복하다.

넓은 마룻바닥에서 사람들과 어울려 동작하면서도 혼자만의 세계에 몰입할 수 있는 것이 신비롭다. 마음 근육을 조절하는 수련 방법은 삶이 힘겨울수록 자신을 더 깊이 들여다 볼 수 있게 한다. 흠뻑 빠져 느껴본 세계, 공의 상태이면서 초월의 경지이기도 한 평안이 특별하게 다가온다. 무딘 삶이 편안해지고 사람과의 관계를 맑은 빛으로 읽을 수 있게 하는 축복의 운동, 요가는 해탈의 힘이다.

요가 덕에 험난한 터널을 건너왔다. 삶의 바닥을 치고 쓰러졌을 때 슬픔을 잊기 위해 눈물을 흘리듯 땀을 흘렸다. 나를 제대로 바라볼 수 있기 위해 더욱 침잠해 들었다. 서서히 몸과 마음, 호흡이 균형을 잡으며 삶이 안정되어 갔다. '당신과 내 안에 있는 신성한 빛에 경배합니다.'라는 인사 '나마스테'는 현실을 직시하며 정신을 차리게 했다. 좋아하는 것을 넘어 사랑하게 되었다. 몸이 운동을 부르는 단계가 된 것이다.

이 시점에 비껴갈 수 없는 사건이 터졌다. 코로나19로 스포츠센터가 문을 닫았고 더 이상 규칙적인 운동을 할 수 없게 되었다.

대책 없이 날짜는 갔고 몸은 점점 뻣뻣해졌다. 집에서 혼자라도 해야겠다 싶어 유튜브를 열어보니 요가 방송이 하나 둘이 아니었다. 이렇게 많은 방송이 있다는 사실이 놀라웠다. 거실에 매트를 깔고 유튜브를 틀어 놓은 후 수련을 시작했다. 그동안 배운 방법을 재현하며 몸으로 꽃과 별과 나무를 그렸다. 운동은 대개 몸을 사용한다. 발레, 한국무용, 댄스 등 몸을 이용해 감정을 표현한다. 그중 요가는 마음을 평온하게 하며 모든 잡념을 사라지게 하는 최고의 운동이지 싶다. 있고 없는 것, 원하고 원하지 않는 것, 슬픔과 기쁨의 경계가 희석되면서 공의 상태에서 스스로를 바라볼 수 있게 하고 평정심을 찾게 하기 때문이다.

혼자 요가 수련을 한 지 1년이 넘은 어느 날 요가반 단체 카톡에 비대면으로 운동을 한다는 소식이 올라왔다. 영상을 통해 마주한 회원들과의 만남은 새롭고 신기했다. 잘 가르치는 선생님과 분위기를 사로잡는 총무의 결집력으로 오랜만에 줌에서 회원들의 얼굴을 본다. 랜선의 시대이다. 화면을 통해 공부를 하고 회의를 하더니 운동까지도 줌으로 한다. 과거에는 상상할 수도 없던 상황이 21세기에 이뤄지고 있다. 시대는 바뀌고 그 중심에 있는 지금, 낯설지만 적응해야 하고 적응하며 앞으로 나아가야 한다. 신체 훈련과 정신 정화를 위한 수행법을 통해 삶의 기쁨을 느끼는 즐거움이 크다. 많은 사람들이 요가를 만나서 삶이 경쾌하게 바뀌는 즐거움을 누렸으면 좋겠다.

행복이
머무는
자리

희뿌연 안개가 창문 앞까지 밀어들었다. 한 치 앞이 보이지 않는다. 시야를 뿌옇게 가려놓은 그것은 매양 보이던 풍경을 집어삼켰다. 지금 갇혀 보이지 않을 뿐 길은 그대로 있겠지. 안개가 사라지면 기존의 있던 것들은 드러나겠지. 사람이 지니고 있는 걱정, 근심, 고통도 안개 같아 덮여 있을 때만 막막할 뿐 곧 걷히게 되어 있다. 시야가 트이면 환해지는 세상, 안개와 같은 허울에 사로잡히지 말아야 한다. 우리의 삶은 어둠이든 안개든 뚫고 나갈 수 있고 그것은 걷힐 때가 있기 마련이다.

아파트 광고판에 인쇄물이 붙어 있다. 환한 웃음의 '법륜 스님 즉문즉설' 안내지이다. 전국을 순회하는 스님이 마침 집에서 멀지 않은 SK 아트리움에 오신다. 카톡으로 매일 영상과 희망 편지를 받아보고 있지만 직접 만날 수 있다는 사실이 가슴을 뛰게 한다. 누구나 행복할 권리가 있다고 부르짖는 스님의 말씀은 우리를 괴로움에서 건져 내는 구명줄처럼 힘겨운 문제도 그물에 걸리지 않는 바람이라는 것을 깨닫게 해

준다. 우리를 막막하게 만드는 문제는 햇살이 비치면 사라지지 않을 수 없는 안개다. 스님의 법문은 사람이 안고 있는 고통을 날려 보낸다.

스님은 한 시간 정도 법문을 한 후 즉문즉설로 이어졌다. 질문자의 가슴에 있는 고통이 쏟아져 나온다. 어려서 아버지에게 받은 학대, 감싸주지 않고 아버지 편을 들었던 어머니에 대한 원망, 그 기억으로 부모를 찾아가지 않은 십 수년의 세월, 몸에는 병이 들어 신체의 일부를 떼어내야 했던 절망, 죽음에 대한 두려움 등 한 여인의 삶이 기구하다. 울음 섞인 그녀의 아픔에 동병상련의 마음으로 여기저기서 훌쩍이는 소리가 들린다. 그녀의 말을 들은 스님의 해결책은 꽉 눌려 있던 우리의 마음에 시원한 바람이 불게 했다. 사람의 본질을 들여다볼 수 있게 하는 스님의 한마디 한마디는 안개를 걷어내는 바람이요 어둠을 몰아내는 햇살이다. 봄꽃 피듯 꽃의 말 피우는 스님의 법문은 덕지덕지 매달린 썩은 아픔을 도려낼 수 있게 했다.

인생은 괴로움과 즐거움의 윤회다. 즐거운 만큼 괴로움이 뒤따라오게 되어 있다. 즐거움으로 행복을 삼으면 나락으로 떨어질 수밖에 없는 때가 온다. 시간이 지날수록 욕심은 커지고 그 욕심을 채우지 못할 때 괴로움이 파고들어 우울하고 고통스러운 것이다. 지속 가능하지 않은 즐거움에 삶의 목표를 둘 때 마음이 고장 나고 정신이나 육체는 병이 든다. 누군가를 미워하는 것은 병이며 돌이나 바다, 산을 미워하는 것과 마찬가지다. 진정한 행복은 윤회하지 않으며 괴롭지 않다. 진리는 유익하기도 하고 즐겁기도 해야 한다. 지금도 좋고 나중에도 좋고, 나에게도 좋고 상대에게도 좋아야 지속 가능한 행복이라 말할 수 있다.

일곱 명의 질문자들의 삶은 다양했다. 자녀 교육 문제, 사회 문제, 인간관계 등 털어놓는 삶의 괴로움은 세상을 살아가는 사람의 모든 질문이 함축되어 있는 듯했다. 쉼 없이 이어진 두 시간은 삶의 생수를 들이킨 시간이다. 대공연장 1, 2층을 꽉 메운 사람들이 행복에 대해 새롭게 눈을 뜬 기회였다. 거의 매일 전국을 순회하는 스님의 즉문즉설은 구름 떼처럼 모여드는 사람을 가혹한 고통에서 해방시켜주는 현대판 신문고라는 생각이 들었다. 억울한 삶, 용서할 수 없는 분노, 다른 사람은 잘 나가는데 혼자만 되는 일 없어 절망해야 하는 괴로움이 스님을 만난 자리에서 눈 녹듯 사라지고 스스로 인간의 내면을 바라볼 수 있게 한다. 나무에 매달린 허구라는 열매에 사로잡혀 괴로웠다는 것, 자신의 행복은 자신의 눈높이로 만든다는 것을 알게 한다.

　사람은 누구에게나 말 못 할 고민을 지니고 있다. 행복하고 싶은데 행복하지 못할 문제에 사로잡혀 답답한 것이다. 안개 낀 마음으로 살아가다 보니 길은 보이지 않고 허공을 휘젓는 손만 허허롭다. 21세기를 살아가는 사람들에게 삶은 그렇게 고통스러운 것이 아니라며 환하게 길을 열어 주는 사람이 있다는 건 얼마나 감사한 일인가. 걱정과 괴로움을 듣고 어떻게 살아야 하는지 그 자리에서 깨닫게 해주는 나침반과 같은 사람이 있다는 건 얼마나 다행한 일인가. 사람을 살리는 일에 투신하는 법륜 스님의 즉문즉설은 현대를 살아가는 사람들에게 축복이 아닐 수 없다. 세상 사람 모두가 행복할 때까지 이 일을 계속하겠다는 스님의 법문이 햇살처럼 곳곳에 비추기를 바라며 두 손을 모은다.

비행기를 타고 하늘을 날 때면 몇 단계의 구름층을 뚫고 올라
간다. 지상은 비가 내리는데 한 단계의 구름 위 세상은 맑고 햇살
이 눈부시다. 판판하고 폭신해 보이는 구름을 내려다보면 걸어보
고 싶고, 목화솜 같은 그 위에서 뒹굴어 보고 싶은 충동을 느끼곤
한다. 구름층을 계단 오르듯 계속 올라가면 달과 해, 별도 만날 수
있지 않을까 생각해 봤다.

– 「상상을 찍다」 중에서

5부

상상을 찍다

눈 맞춤

– (사)한국문인협회 창립 제60주년 기념 특별기획 [문단실록]

　　한 번뿐인 생의 길에서 목숨처럼 사랑하는 길이 있다. 세상의 여러 갈래 중에 내게 남은 오직 하나, 무엇과도 바꿀 수 없는 길이다. 타고난 재능으로 쉽게 그 길을 찾는 사람이 있는가 하면, 환경과 여건이 허락하지 않아 헤매는 사람도 있다. 자신의 운명을 어쩌지 못해 멀리 떠돌다 느지막이 만나기도 한다. 나는 돌고 돌아 이 길에 들어섰다. 문학은 내 생의 마지막 텃밭이다.

　　예술을 중시하는 집안이 아닌 철저히 유교 사상에 물들어 있는 가정에서 태어났다. 아들 셋, 딸 넷인 집안의 일곱 번째로 태어나 나이 든 부모 품에서 자랐다. 엄격한 아버지 성품에 서너 살 터울의 형제들은 경직된 계율에 길들여져 있었고 부모의 손에 이끌려 삶의 길이 정해지기도 했다. 그 길들임에서 벗어나 있는 나는 어려움 없이 자유롭게 성장했다. 평생 걸어야 할 나만의 길이 무엇인지 몰랐고 이것 아니면 안 된다는 절실함도 없었다. 문학은 내게서 멀리 있었다.

초등학교 저학년 시절, 집 앞에 음악학원이 있었다. 친구 따라 학원에 갔을 때 악기를 배우는 친구들을 구경하며 마음이 행복해지는 걸 느꼈다. 청각을 자극하는 맑고 투명한 소리가 즐겁고 편안했다. 몇 번 얼굴을 보게 되자 선생님이 기타를 가져와 안기며 쳐보라고 한 음씩 가르쳐 주었다. 라디오에서 나오는 노래를 한두 번 들으면 이내 외우는 편이었기에 쉽게 따라한 모양이다. 선생님이 집에 찾아와 어머니를 만났다. 잘할 아이라고, 잘 가르치겠다고 했지만 어머니는 반대했다. 그 시절엔 예술의 길, 특히 음악에 대한 편견이 있을 때였다. 친구와 함께 음악을 하고 싶었지만 이후 학원에 구경도 가지 못하고 마음만 앓았다. 꿈인지도 몰랐던 첫 번째 꿈이 사그라진 것이다.

　중고등학생 때는 특기를 키우기 위해 친구와 같이 미술반에 들었다. 방과 후 미술실에서 늦게까지 실기를 했고 휴일이면 선생님과 덕수궁을 밥 먹듯 드나들었다. 국전에서 매번 상을 받는 선생님 그림 앞에 오래 머무르며 화가의 꿈을 키웠다. 사회 물정 모르는 순수했던 시절, 선생님은 우리를 경기도 이천 도자기 가마를 견학시켜주었다. 부모님께 허락을 받은 후 난생처음 갖게 된 1박 2일은 아름다운 추억으로 새겨 있다. 맨발로 고운 흙을 짓이겨 물레를 돌리며 찻잔과 꽃병을 만들었고 열기로 가득한 흙 가마 곁에서 하늘을 바라보며 꿈을 키웠다. 밤하늘에 깨알같이 수놓아 있던 별과 은하수, 하늘이 그렇게 아름다운지 처음 알았다. 화가의 길로 들어선 친구는 한 명뿐이고 수십 년이 지난 지금은 해마다 선생님 찾아뵙는 걸로 아쉬운 마음을 달랜다.

대학의 고배는 쓰디썼다. 6개월 정도 재수한다고 머리를 싸맸다가 취직을 했다. 직장을 다니며 시작한 붓글씨는 묵향에 스며드는 평안으로 마음의 위로를 주었다. 몇 년의 시간이 지나며 직장도 그만두고 붓글씨에 빠져 살았다. 체본*을 한 권씩 뗄 적마다 은사님과 동료들과 떡을 나눠먹었고 국전을 꿈꾸며 서예가의 길을 걸었다. 다른 할 일은 없는 듯 보였다. 붓글씨와 수묵화를 하며 오로지 묵향에 젖어 사는 것이 걸어야 할 길처럼 보였다. 때마침 친정 고모님의 중매로 혼인을 하느냐 마느냐 하는 난제에 부딪치게 되었다. 학원 근처로 찾아오는 남자의 열정은 은근히 절실했다. 막연한 길, 실감 나지 않는 미지의 길 앞에 여덟 폭 병풍 두 개를 마무리로 결혼에 접어들었다.

결혼해서도 화구와 서예 용품을 보물처럼 보관하며, 시어머니 모시고 남편과 아이들 바라지하는 일에 투신해야 했다. 연년생 아이들이 대학을 졸업할 때쯤 나는 늦깎이 대학생이 될 각오를 했다. 때마침 새만금사업으로 환경에 대한 사회적 관심이 높을 때였다. 더불어 동남보건대학교 평생교육원 문예창작반에서 막 문학을 시작한 때이기도 했다. 시인이며 수필가인 지연희 지도교수님의 강의는 달콤했다. 귀에 쏙쏙 박히는 가르침과 카리스마 넘치는 매력에 빠져 들었다. 문학은, 새롭게 문을 열어야 할 장르로 다가왔다. 문예창작과를 가느냐 환경보건학과를 가느냐 하는 기로에 서서 고민을 했다. 한 번에 두 가지를 다 갈 수 없어 안타까웠다. 우리 생활과 밀접하게 연결되어 있는 환경, 전 세계가 속수무책으로 당하는 자연재해와 새만금 사태의 심각성에 마음이

---

* 체본: 서예 학습에서 임서를 할 때 본보기가 되는 글씨본 (편집자 주)

쏠려 결국 환경보건학과를 지망하게 되었다. 그때까지만 해도 문학은 아직 내 중심에 와 있지 않았다.

뒤늦게 시작한 학업은 많은 시간을 요했다. 고등학교를 졸업하고 30년 만에 밟는 대학 과정은 쉽지 않았다. 녹슨 머리에 윤활유를 뿌리며 앉으나 서나 자나 깨나 책을 들여다보았다. 공부한다고 애쓰는 모습을 바라보며 말없이 응원하는 남편의 이해가 있었기에 가능한 일이다. 배우고 익히는 걸 좋아해 하고 싶은 일을 하는 행복의 기쁨에 빠져 살았다. 글은 동인지에 낼 시와 수필을 겨우 채워 가며 학업에 전념한 끝에 4년 만에 학교를 졸업할 수 있었다. 국립 한국방송통신대학교는 나의 모교이다. 꿈같은 시간이었다. 기름칠이 된 두뇌에 무어라도 넣을 자신감이 솟았다. 대학원에 대한 열망이 있었지만, 겨우 명맥을 유지해온 문학에 눈길이 갔다. 한국문인 수필 부문에 등단을 했지만, 학업에 밀려 서자처럼 문밖에서 기다리던 문학을 비로소 품에 받아들였다.

학교를 졸업하고 자유로운 상태에서 맞이한 봄의 싱그러움은 신선하고 새로웠다. 산수유 마을 500년 수령의 느티나무가 내게 하는 말을 듣고 쓴 글의 제목은 『그가 말하네』이다. 내 생애 첫 번째 수필집 제목이 되었다. 해마다 찾아 뵙는 원로 화가 박동인 선생님의 그림이 수필집 전반을 수놓았다. 이후 8년 만에 두 번째 수필집 『이 남자』와 첫 시집 『그가 거기에』를 출간했다. 『문파문학』을 통해 시 부문 등단을 한 후 꾸준히 시와 수필을 써온 결과이다. 같은 날 출간한 시집과 수필집은 문학을 향해 달려온 중반쯤의 결실이다. 속도를 내기 시작한 문학의 길

중심에 들어서며 삶과 문학이 공존하는 생이 되었다.

남편과 한가롭게 살고 있었다. 맏딸은 미국 샌디에이고에서 간호사와 간호학과 교수를 하고, 둘째 딸은 한국에서 우리 부부와 멀지 않은 곳에서 살고 있다. 두 자녀 모두 가정을 이뤄 자식을 낳고 잘 살고 있으니 무슨 걱정이 있겠는가. 생의 가장 좋은 때였지 싶다. 호사다마일까. 남편은 매달 만나는 동창들의 모임에 다녀온 후 일주일 만에 세상을 떠났다. 37년여를 동고동락한 남편을 잃는다는 것, 이 세상에 홀로 남겨진다는 사실이 믿을 수가 없었다. 죽음이 이렇게 매몰차고 이렇게 갑자기 인연을 단절시킨다는 것도 실감 나지 않았다. 아무것도 소용없다며 생의 밑바닥에서 오랫동안 죽음과 마주했다. 얼마나 지났을까. 정신을 차려야겠다고 생각했을 때 문학이 내 곁을 지키고 있었다.

남편을 떠나보내고 내게 남은 것은 많지 않다. 나를 일어서게 한 자녀의 사랑, 신앙과 문학이 있을 뿐이다. 텅 빈 집에서 문학이 내 손을 잡아주었고 등을 토닥이며 위로해 주었다. 의지할 데 없어 헤맬 때 함께해 주었고 어떻게 살아야 할지 모르는 마음의 눈을 뜨게 해 주었다. 가장 절박한 때 눈물을 씻어주며 위로해준 문학은 생의 도반道伴이 되어 함께 걸어야 할 길이 되었다. 귀한 인연, 지연희 스승님의 가르침은 수필과 시에 제대로 눈을 뜨게 해 주었다. 글머리를 이해하지 못하고 헤맬 때 바른길로 이끌어 주었고, 문학과 어떻게 마주해야 하는지 됨됨이를 일러주었다. 스승님께 받은 은혜를 갚기 위해서 남은 생은 글을 다듬고 익히는 일에 더욱 노력해야 하는 사명감을 짊어진다.

2월 16일은 한국의 가톨릭 성직자 김수환 추기경이 돌아가신 날이다. 시인 윤동주가 일본 후쿠오카 형무소 차디찬 감옥에서 목숨을 잃은 날이기도 하다. 남편도 그날 갔다. 그가 떠난 지 3년 되는 날, 세 번째 수필집을 출간했다. 『기억의 숲』은 남편을 잃은 한 여인이 어떻게 정신을 차리는지 생생히 보여주는 글이 들어있다. 어차피 한 번은 죽음과 마주해야 한다. 거부할 수 없는 길이기에 순연히 받아들일 마음의 준비를 하게 되었다. '지금'이 무엇보다 소중하다는 깨달음을 준 죽음을 선물처럼 받아들여야 한다는 마음도 생겼다. 세 번째 수필집 '작가의 말'을 이곳에 옮겨 본다.

그가 세상을 떠났다. 벼락같이 달려든 죽음 앞에 살아야 할 이유를 잃은 내 영혼은 절망의 구렁텅이를 헤맸다. 그가 없는데도 비 오고 바람 불고 눈이 왔다. 그가 없는데도 해 뜨고 달 뜨고 별 떴다. 그가 없는데도 자고 먹고 숨 쉬었다. 두문불출 일 년이 갔다.

허무해서 아무 소용없다던 삶이 허무하기에 살아야 했다. 가슴에 살아 있는 믿음의 끈 붙잡고 무릎을 세웠다. 내게 퍼부어 주는 가족과 이웃의 뜨거운 격려를 저버릴 수 없었다. 간신히 정신을 차리며 집 밖으로 한 발을 내딛기 시작했다. 햇살이 눈부셨다.

예측할 수 없는 떠남을 위해 순연한 마음으로 삶을 바라본다. 어둠과 빛의 경계에서 가슴에 들어앉은 깨달음 하나를 소중하게 품어 안는다. 언젠가 마주할 그날의 만남을 위하여 푸르게 빛나는 오늘을 산다.

－2018년 2월 16일 남편 3주기를 맞아 김태실

살아가면서 마음 쏟아붓는 일은 얼마나 될까. 사람마다 종류도 깊이도 다를 것이다. 어딘가에 마음 기울이는 것은 삶의 방편이고 행복의 척도이다. 음악, 미술, 서예, 학업 등은 꿈처럼 나를 거쳐 갔다. 사진 찍기에 빠져 카메라를 메고 방방곡곡을 돌아다니며 적지 않은 시간을 쓰기도 했다. 반세기를 살고 나서 만난 문학은 가슴에 핵처럼 박혀, 살아야 할 이유가 되어준다. 남은 생에 끝까지 동행할 동반자가 되어 가슴 뜨겁게 한다. 문학을 향한 사랑을 아무도 막을 수 없고 활활 타는 가슴 속 불꽃을 끌 수도 없다. 한 편 한 편의 글을 매달면 꽃으로 피는 문학 나무, 그 나무에 기대어 생을 노래한다. 영글고 익은 열매를 매달기 위해 혼신의 힘을 다한다. 한 번뿐인 생의 길에서 내게 온 선물, 사랑으로 투신해야 할 문학의 길이다.

〈 2020년 10월 〉

상상을
찍다

비행기를 타고 하늘을 날 때면 몇 단계의 구름층을 뚫고 올라간다. 지상은 비가 내리는데 한 단계의 구름 위 세상은 맑고 햇살이 눈부시다. 판판하고 푹신해 보이는 구름을 내려다보면 걸어보고 싶고, 목화솜 같은 그 위에서 뒹굴어 보고 싶은 충동을 느끼곤 한다. 구름층을 계단 오르듯 계속 올라가면 달과 해, 별도 만날 수 있지 않을까 생각해 봤다. 현실에서 이룰 수 없는 생각들을 한 번도 실천하지 못한 채 막연한 그리움으로 간직하고 있다. 이 그리움을 해결해주는 사진가를 2019년 여름에 만났다. 불가능하다고 생각했던 일을 가능하다고 보여주는 에릭 요한손 사진가이다.

현실 세계에는 없는 풍경을 계획하고 만들어내는 그의 작품은 우리가 지닌 꿈을 대신 이루어 준다. 예술의 전당에서 열린 그의 사진전에는 '풍선을 타고 출근하는 아저씨, 열기구를 타고 편지를 배달하는 우체부, 할아버지와 나룻배 위에서 불을 피워 생선을 구워 먹는 모습'을 일상처럼 자연스럽게 보여준다. 서비스 트럭이 와서 매일 달의 모양을 바꾸어주기도 하고, 양털을 깎아 하늘로 올려 보내 구름을 만들기도 하는 것을 사실처럼 마주하게 한다. 아무도 하지 못한 상상을 현실처럼 보여주는 그의 사진을 통해서 사람들은 꿈의 세계를 다녀오는 행운을 누린다.

20세기 초현실주의 화가인 마그리트, 달리, 에셔에게서 영감을 받은 에릭 요한손은 그의 작품을 기발한 상상력과 디테일로 버무렸다. 그는 순간을 담기보다 아이디어를 캡처하면서 작품 활동을 했다. 카메라 셔터만 누르면 끝나는 게 아니라 셔터를 누르는 순간 시작이 되는 창조의 아이디어를 사진 속에 넣은 것이다. 도로가 반으로 갈라지기도 하고 길 끝을 잡고 달리면 담요가 펼쳐지듯 길이 만들어지고 바닷물이 유리가 되어 산산조각 나 있기도 하다. 사진으로 만들어낸 다양한 상상의 세계이다. 한 장의 사진을 완성하기 위해 약 150개의 레이어를 사용했다는 그의 노고를 생각하며 지금, 여기서 만나게 된 우리의 인연에 가슴이 벅차올랐다.

에릭의 스튜디오는 체코, 프라하에 있다. 그곳에서도 좀처럼 그의 스튜디오를 보기는 쉽지 않다. 한국 예술의 전당은 그 스튜디오를 전시실 한쪽에 재연해 놓았다. 작지만 무한한 상상이 춤추는 스튜디오에서 그의 숨결을 느껴 보았다. 작업에 들어가기 전 먼저 스케치를 하고 소품을 마련하며 치밀한 준비를 하는 그의 성품은 진중하다. 작품이 만들어지기까지 한 달 혹은 몇 개월이 걸리는 긴 시간 동안 창조하고 조작하며 무수한 촬영을 계속한다. 한 해에 여덟 개 정도를 만들어 내는 그는 이 전시를 위해 10년을 준비했다고 한다. 그의 작품 한 점 한 점에 들인 정성이 감동으로 다가온다.

이야기를 들려주는 사진가 에릭 요한손의 작품 세계에 빠져들었다. 형이상학적 집의 구조와 숲 속의 에스컬레이터는 먼 훗날 우리 생활에 실제로 찾아올 것이라는 희망을 준다. 비 오는 날 하늘을 물속처럼 자유롭게 떠다니는 물고기들, 큰 핀셋으로 별을 따는 작품 앞에서는 오래 머물렀다. 빛나는 별을 갖고 싶은 사람들을 숨통 틔우게 하는 신선함이다. 자연스럽게 현실과 접목해서 창조해낸 작품 앞에서 사람들은 한 번씩 사진 속의 주인공이 된다. 실제로 사진 속 하늘을 향해 붙여 놓은 커다란 집게를 잡고 그 끝에 물려 있는 별 하나를 가슴에 품는다. 불가능을 가능하다 말하는 에릭으로 인해 사람들은 꿈을 만난다.

프린트 사진 한 점을 샀다. 세로 22cm 가로 32cm의 사진은 LP 판에 연결된 나팔에서 노래처럼 풍경이 흘러나온다. 하늘과 호수 사이로 끝없이 이어지는 나무와 풀들, 저 판만 틀어 놓으면 민둥산이 숲이 되고 허허벌판이 아름다운 풍경으로 바뀌게 될 것이다. 그곳에 깃드는 새와 곤충, 꽃과 나비로 동화의 세계가 펼쳐지지 않을까. 사진 속에서 앞쪽의 두 사람은 새로운 판을 마주 잡고 가고 있다. 그들이 새 판을 갈아 끼우면 나팔을 통해서 새로운 무엇이 쏟아져 나올지 궁금하다. 에릭의 사진을 집으로 가져와 벽에 붙여놓고 오며 가며 그의 상상을 만난다.

객관적인 눈으로 작품을 보기 위해 한 달 혹은 더 오래 머릿속에서 사진을 완전히 잊기도 한다는 에릭 요한손, 그가 들인 작품의 세계를 생각한다. 그는 허무맹랑해 보이는 상상이 이루어질 날이 있으리라는 기대를 갖게 만든다. 20세기에 꿈꾸던 엉뚱한 상상이 21세기에는 현실이 된 것이 여럿 있다. 걸어 다니며 전화 통화를 하고 은행을 가지 않아도 휴대폰으로 은행 업무와 실생활의 거의 모든 일을 해결하는 시대다. 현금 없이 카드 하나로 불편 없이 생활하고 로봇 가정부나 인공지능이 출현하는 믿기지 않는 일이 실제가 되었다. 지금 에릭 요한손의 상상은 22세기에 이루어질 가능성이 있다고 본다. 상상을 찍는 사진가, 그에게 불가능은 존재하지 않기 때문이다.

영감은 주변의 사물이나 '만약'에서 취한다는 사진가 에릭 요한손 작품을 관람하며 깨달았다. 내 주위에 널려 있는 삶과 사물들에 무심했다. 매일 보는 하늘 매일 접하는 이웃이 날마다 새로운 말을 하고 있다는 것을 눈치 채지 못했다. 단 하루도 같은 날이 없다는 걸 알면서도 무심히 스친 일상에 보석이 담겨 있다는 걸 깊이 생각하지 않았다. 그의 전시를 통해 조금 더 아름다운 상상을 꿈꾼다. 귀한 인연이 되어 만나는 사람들에게 훈훈한 인정을 나누는 일, 세상은 살 만하다는 긍정을 전해 주는 일이다. 구름 위를 걷듯 가벼운 발걸음으로 집에 왔다. 에릭 요한손, 그의 전시는 어떤 가르침보다도 뜨겁게 가슴을 울리는 강연이었다.

송년의
기도

부르지 않아도 어느 순간 다가온 12월입니다. 올해도 숨 가쁘게 달려왔습니다. 해마다 이맘때면 일 년이란 시간을 어떻게 살았는지 돌아보게 합니다. 얼굴을 마주하고 대화를 나누던 많은 사람들, 그들은 지금 어디에 있을까. 한 해의 끝자락에서 지난 시간을 돌아보고 앞으로의 다짐을 가져 봅니다.

인연이란 이름으로 마주했던 사람들을 생각합니다. 늘 최선을 다하고자 했던 마음과는 달리 어떤 때는 무심했고 어떤 때는 인연의 틀을 벗어나고자 했습니다. 더러는 멀어지고 더러는 가까이에서 마음을 나누기도 하지만 가슴에 후회와 아쉬움이 밀려옵니다. 그때 그 상황이 다시 온다면 조금 더 상대의 입장을 살폈을 텐데, 조금 더 친절했을 텐데, 조금 더 사랑했을 텐데 하는 마음뿐, 지나간 시간은 다시 돌아오지 않습니다.

새해가 문 앞에서 기다립니다. 어서 와라 하지 않아도 금세 다가오니다. 다시 시작할 수 있는 기회가 있습니다. 지나간 날처럼 후회할 일을 남기지 않기 위해 다짐해 봅니다. 조금 더 감사하는 마음으로 살기 위해 두 손을 모읍니다. 조금 더 기쁘게 살기 위해 마음을 비웁니다. 조금 더 행복하기 위해 정성을 담은 마음으로 한 사람 한 사람을 맞이합니다.

새해를 열닷새 남겨둔 오늘 같은 마음으로 살기를 소망합니다. 마주한 사람에게 평안을 전해주고, 소박한 마음으로 흰 종이 위에 마음을 그린다면 한 편의 글은 꽃으로 필 것이라 믿습니다. 문학의 길을 걷게 된 삶을 감사하면서 하루하루를 살아갈 것입니다. 세모의 종소리가 울려 퍼질 때 겸손하게 기도하겠습니다. 순백의 새해가 눈앞에 펼쳐질 때 순백의 마음으로 첫발을 딛겠습니다. 살아있는 기쁨에 감사하면서 새해를 맞이하겠습니다.

여러분 모두에게 축복이 있기를 기원합니다. 사랑합니다. 고맙습니다.

연말연시에
생기는
일

　　해가 저물어 갈 때쯤이면 어김없이 일어나는 일이 있다. 평소에 잊고 살던 사람을 생각하는 일이다. 안부를 묻고, 카드나 연하장을 보내는 것은 그동안 소식은 없었지만 당신을 잊지 않고 있었다는 마음의 표현이다. 자주 만나지 못하고 연락이 없어도 서로의 가슴에 살아있는 상대를 향한 정을 나누는 방법이기도 하다. 특별히 연말에 잘 일어나는 이런 상황은 외롭고 쓸쓸한 마음을 훈훈하게 하는 고마움의 표현이다. 영하의 날씨도 따뜻하게 견디어 낼 수 있게 하는 약이다. 누군가를 향하는 관심과 사랑은 우주를 떠돌며 멀리 있는 이에게 희망을 전하기도 하고, 가족 간에 끈끈한 사랑을 심어주기도 한다.

　　박스가 온다. 해마다 12월이면 멀고 먼 길을 날아오는 박스다. 미국 플로리다에 살고 있는 언니는 1년 내내 쇼핑할 때마다 눈에 띄는 물건을 하나하나 구입해 놓는다. 옷과 신발, 가방에 이름표를 붙여 박스에 담아 한국의 가족에게 보낸다. 동생과 동생 가족에 대한 사랑이다. 미국에 정착한 지 40년이 넘은 언니는 10년 동안 이 일을 하고 있다. 연말 연시에 선물을 받고 행복해 할 한국의 가족을 생각하며 하는 일이다. 학교 다닐 때는 등록금과 학용품을 대놓고 바라지하더니 결혼해서 오래된 동생에게 아직도 정성을 쏟으신다. 나이가 80에 가까워지자 박스 대신 얼마간의 현금을 보내며 혈육에 대한 사랑을 이어가고 있다. 아무나 할 수 없는 언니의 사랑에 고개가 숙여진다. 평생 제2의 어머니가 되어 자식 돌보듯 동생을 돌본 언니의 사랑에 존경을 드린다.

12월이 오면 딸이 비행기 표를 사 보낸다. 몇 년째 이루어지는 연례행사이다. 동쪽을 향해 태평양 바다 위를 날아가면 도착하는 캘리포니아 주 샌디에이고에서 한 달여 정도를 산다. 사위, 손녀와는 넘어야 할 언어의 벽이 있지만 그것조차도 신선한 즐거움이다. 미국 최고의 휴양지인 코로나도 섬에서 태평양 바닷물에 발목을 적시고, 벽난로가 훈훈한 거실에서 크리스마스 선물을 풀며 상상 속 동화의 나라를 체험하기도 한다. 가족이 함께 발보아 파크를 동네처럼 거닐고, 시푸드 레스토랑 더 피쉬 마켓The fish market에서 싱싱한 해산물을 맛보며 한없이 푸른 바다와 우주의 드넓음을 생각하는 여유를 누리기도 한다. 한국의 가을 날씨 정도인 샌디에이고의 겨울은 연말연시에 안기는 특별한 선물이다.

전 세계가 코로나19로 몸살을 앓는 2020년엔 꼼짝할 수 없었다. 외국은 물론 살고 있는 주변의 여행도 금기시된 상황이다. 가까운 곳에 둘째 딸이 산다. 크리스마스와 세모歲暮를 함께 지내기로 했다. 크리스마스 날 선물 보따리를 들고 딸 가족이 왔다. 가장 갖고 싶은 물건을 서로 선물하고 선물 받으며 행복을 나눴다. 한 해의 마지막 날, 풍요로운 저녁식사를 하고 밤 12시를 기다렸다. 10, 9, 8, 7, 6, 5, 4, 3, 2, 1, 0. TV 화면 보신각종에서 폭죽이 터지며 새해가 문을 열었다. 우리는 서로의 행복을 빌었고 새해 소망을 이야기했다. 하루에서 하루로 넘어가는 특별한 날을 가족과 함께 깨어 있었다. 새해 첫날, 떡만둣국으로 아침을 먹고 윷놀이를 했다. 이번 연말연시는 온전히 한국에 살고 있는 딸과 함께 했다. 멀리 있는 딸과는 영상통화를 하며 서로의 행복을 기원했다.

아무리 멀리 있어도 남이 될 수 없는 가족, 떨어져 살고 있지만 서로의 정을 나누는 때가 연말연시이다. 자기 자신에게 선물을 하기도 하고 가족과 친지에게 마음을 표현하기도 하는 이때, 매일 똑같은 하루 중 하나인데도 특별히 마음을 쓰는 이유는 그 시점을 기준으로 생각이 깊어지기 때문이다. 잘 걸으려고 애썼지만 흔들린 발자국을 뒤돌아보며 새롭게 마음 준비를 하는 때이다. 아무도 걷지 않은 깨끗한 길을 앞에 두고 삶을 정돈하며 사과와 감사가 꽃을 피운다. 마음을 담아 편지를 쓰고 색다른 카드를 고르며 상대를 생각하는 연말연시는 세상 모든 사람에게 내린 축복이다. 자신의 삶을 잘 살아내고 싶은 사람들의 다짐과 결심으로 가득한 마음에 새해는 꽃다발로 안겨온다.

금하는
것을
금하라
Not Allowed to Ban

-인간 나혜석

　　　　수원 시립 아이파크 미술관에는 소리 없는 부르짖음으로 가득하다. 시대의 선각자 나혜석 타계 70주년을 맞이하여 아홉 명의 여성주의 작가가 여성과 관련한 금기와 고정관념에 대해 이야기하고 있기 때문이다. 대한민국 최초의 신여성이라는 수식어를 달고 산 나혜석과 나혜석 이후 여성의 역할과 금기, 저항에 대한 작품들을 사진, 그림, 조각으로 전시하고 있었다. 현대 예술인들의 작품에서 전해오는 몇 작품은 매우 파격적이다. 여성이라는 이름을 과감히 넘어서 남성과 여성이 평등한 존재라는 것을 보여주며 생각하게 한다. 페미니즘으로 일어난 현상 '금하는 것을 금하라' 전시를 관람하며 현대를 사는 사람들에게 전하는 역사의 메시지와 나혜석의 삶을 살펴본다.

　　나혜석의 일대기가 전시되어 있는 제3 전시실은 들어서는 입구부터 어둡고 음울했다. 제목 〈프렐류드〉에 그녀의 삶이 드러난다. 전주곡이란 뜻의 프렐류드는 그녀가 페미니즘의 선각자라는 것을 암시한다. 부유한 집안에서 태어나고 자란 나혜석은 일본 도쿄에 있는 사립 여자 미술학교에서 서양화를 전공했고 한국 최초의 여성 서양 화가가 된다. 조선 최초로 개인전을 연 여성 화가, 최초의 여성 소설가이며 최초로 세계 일주를 하게 된다. 당시 다른 여성들과는 다른 생각을 가질 수밖에 없는 삶이다. 최초의 신여성인 나혜석은 그러나 끝까지 화려하지는 못했다. 첫사랑의 죽음, 김우영과의 결혼, 이혼 등으로 그녀의 말년은 행려병자와 다름없이 되어 비참한 죽음에 이른다. 그 일대기를 조덕현 작가는 장지에 연필과 콩테로 그렸는데 사실적인 그림은 사진처럼 선명하고 작품의 뒷면에서 바라보면 흑백영화를 보는 듯하다.

한쪽 벽면을 다 차지하고 있는 또 하나의 그림엔 성화처럼 부활하는 나혜석이 있다. 시대를 앞서 살았던 그녀를 기리는 여성주의 작가의 고뇌가 담겨있다. 전시 작가 9명 중 유일한 남성인 조덕현 작가는 불꽃같이 타오른 나혜석의 삶을 연필 그림으로 승화시킨다. 그림 외에 시, 소설, 수필, 여행기, 칼럼 등을 남긴 그녀가 새롭게 조명되는 것 같아 바라보는 마음이 저절로 뜨거워진다. 세계 여성들의 삶과 조선 여성의 삶을 비교하면서 여성 운동에 나선 나혜석은 현모양처론이 여자를 노예로 만든다고 강력하게 주장했다. "여자도 사람이다, 인간으로 대우해 달라"라는 그녀의 발언과 주장은 당시 사회에서 규정한 여성의 역할에 반하는 금기된 행동이었다. 여성의 권리 찾기에 앞장서 왔던 신여성 나혜석의 삶과 예술은 21세기에 와서야 선각자 반열에 올랐다.

내가 인형을 가지고 놀 때
기뻐하듯
아버지의 딸인 인형으로
남편의 아내 인형으로
그들을 기쁘게 하는
위안물 되도다

노라를 놓아라
최후로 순순하게
엄밀히 막아논
장벽에서
견고히 닫혔던
문을 열고
노라를 놓아주게

– 나혜석 「인형의 가(家)」 전문

(『매일신보』 1921. 4. 3.)

 1919년 3월 독립 운동가를 돕다가 5개월 옥고를 치르기도 한 나혜석은 변호사 김우영의 구애에 결혼 전 조건을 내세운다. '지금처럼 일평생 사랑해 줄 것, 그림 그리는 것을 방해하지 말 것, 시어머니와 따로 살게 해 줄 것' 등이다. 1920년 시대 상황으로 볼 때 획기적인 조건이 아닐 수 없다. 흔쾌히 승낙한 김우영과의 결혼 생활과 화가, 문필가로서의 삶을 정작 발목 잡았던 것은 임신과 출산이었다. 놀라움과 억울함을 앞세웠던 그녀는 『모된 감상기』에서 '비밀히 감추어 싸고 싸둔 가슴을 헤치게 하는 명령자는 핏덩어리'라며 '꼭 한 시간만이라도 턱 놓고 잠 좀 실컷 자보았으면 죽어도 원이 없을 것 같다.'라고 표현했다. 여성이 여성으로서의 체험을 말하기 시작한 최초의 글이다. '자식이란 모체의 살점을 떼어 가는 악마'라고 하면서도 '예술을 위하여 어머니의 직무를 잊고 싶지 않다'라고 했다. 여성이며 엄마의 삶을 진솔하게 피력한 지극히 인간적인 모습이다.

그녀에게 여성의 길을 과감히 벗어나 한 마리 새처럼 날아오를 수 있는 자유로운 시기가 찾아왔다. 시어머니에게 3남매를 맡기고 남편과 1년 9개월 동안 세계일주 여행을 하게 되었다. 유럽과 미국을 여행하면서 진보적인 지식인의 가족생활을 직접 체험하면서 가부장적 한국 실정을 아프게 떠올린다. 더불어 조선 여성 교육의 필요성을 한층 절감하는 계기가 되기도 한다. 나혜석은 프랑스 파리에서 원하던 그림을 실컷 보고 신세계를 접하면서 새로운 인생관의 확립과 예술혼을 불태울 불쏘시개를 얻었다고 볼 수 있다. 남편 김우영이 법률 공부를 위해 베를린에 가 있는 3개월 동안 천도교의 유력자 최린을 만나 사랑에 빠지게 되는데 이 사건은 그녀의 삶을 어둠으로 몰아넣는 단초가 되었다. 조선으로 돌아와 최린에게 보낸 편지로 인해 남편에게 이혼을 당하게 된다.

나혜석은 조선 사회의 가부장제 모순을 비판한 「이혼 고백장」을 잡지 『삼천리』(1934)에 발표한다. '여성에게 정조를 요구하려면 남성 자신부터 정조를 지켜라, 자신은 정조 관념이 없으면서 처에게나 일반 여성에게만 정조를 요구하고 있으니 그런 관념은 해체되어야 한다'라고 주장했다. 그녀의 이런 주장은 당시 사람들에게는 상식을 뛰어넘는 일이었다. 또한 나혜석은 그녀가 겪는 풍파를 강 건너 불 보듯 하는 최린에게 위자료 청구 소송도 낸다. 고루한 조선 사회에 충격이었고 사람들은 냉랭한 시선 속에 그녀를 배척한다. '내 몸이 불꽃으로 타올라 한 줌 재가 될지언정 언젠가 먼 훗날 나의 피와 외침이 이 땅에 뿌려져 우리 후손 여성들은 좀 더 인간다운 삶을 살면서 내 이름을 기억할 것이라'라고 외친다. 이후 자기에 대한 믿음과 평생 지탱해 왔던 진취적 생명력이 생활고와 사람들의 따돌림으로 급격히 시들어간다.

> "사남매 아이들아, 어미를 원망치 말고, 사회 제도와 도덕과 법률과 인습을 원망하라. 네 어미는 과도기에 선각자로 그 운명의 줄에 희생된 자였더니라." ─나혜석 「신생활에 들면서」, 『삼천리』 1935.2.

정월 나혜석(1896~1948)은 수원군 수원면 신풍리 45번지에서 태어났다. 지금은 팔달구 행궁동인 이곳 주민들은 시대를 앞서간 그녀를 기리며 매년 나혜석 생가터 문화예술제를 연다. 탄생 122주년(2018년 기준)이 되는 올해 10회를 맞는 예술제는 꽃보다 더 붉은 영혼의 예술가를 재조명하고 있었다. 지역 주민이 자발적으로 여는 마을 축제는 연극 공연, 무용, 헌시, 합창 등 다양한 행사로 인간 나혜석을 세상 밖으로 불러낸다. 염태영 수원 시장과 각계 유명인이 참석한 가운데 첫날 행사를 시작으로 나혜석 골목전, 나혜석 골든벨, 나혜석 글 낭독회, 오케스트라 공연 등으로 사흘간 이어졌다. 조선 최고의 서양 화가이자 문필가이며 신여성인 나혜석은 우리의 가슴에서 해마다 나이를 먹으며 함께 살아가고 있다. '붉은 꽃 피고 지고 다시 피다' 축제는 자기 시대를 정직하게 살다 간 인간 나혜석을 기리며 과거와 현재를 하나로 잇는다.

세계 여성의 날이 제정된 지 꼭 110년 되는 올해(2018년 기준), 한국 수원 시립 아이파크 미술관에서 여성주의 작가들이 전시를 연 것은 매우 의미 있는 일이다. 2018년 상반기 페미니스트들의 작품을 보며 여성 해방론자 나혜석이 조선의 봉건 제도와 가부장제에 지혜롭게 대처한 자전적 소설『경희』를 떠올린다. 자신이 내딛는 한 걸음이 조선 여성 전체의 진보라는 점을 인식한 그녀는 이후 발표하는 글 마다 여권론에 대해 쓴다. 나혜석은 한국 근대문학사 여성 해방의 초석이 되어준 페미니스트이다.

나혜석이 나고 자란 행궁동 일대를 걸어본다. 그녀가 예술 감각에 눈뜨며 걸었던 골목길, 꿈을 키우며 다니던 소학교 길을 걷는다. 지붕 낮은 벽화 골목에는 나혜석의 자화상과 그녀의 작품이 재현되어 있다. 동양의 피렌체라 불리는 수원을 사랑한 나혜석, 구미 여행에서 돌아와 첫 유화 개인전을 연 수원에 새겨진 그녀의 발걸음을 따라 걸었다. 오랫동안 묻혀 있던 외로운 페미니스트 나혜석이 이제 다시 꽃을 피운다. 100년이 지난 지금 많은 사람이 그녀를 그리워한다. 화려하면서 우울한 생, 가부장적 관습과 인습에 맞섰던 용기 있는 그녀는 갔지만 사라지지 않았다. 작약꽃 붉게 피듯 매년 살아나 우리의 가슴을 뜨겁게 한다.

"일반 대중이여! 그림에 대하여 많이 이해해 주기를 바라나이다. 이 탈리아 문예부흥시대에 일족(메디치 가문)의 애호가 없었던들 인간 능력으로서 절정에 달하는 다수의 걸작이 어찌 나왔으리까. 대중과 화가의 관계가 좀 더 밀접해졌으면 합니다."

— 나혜석 「조선미술전람회 서양화 총평」

(『삼천리』 1932.7.1.)

코로나19 -1

-2020년 2월

봄바람이 거세게 분다. 베란다에서 보이는 텅 빈 학교 운동장이 스산하다. 깃봉에 매달린 태극기가 잠시도 가만히 있지 않고, 길 건너 우체국 앞 국기도 바람의 깊이만큼 몸을 떤다. 나무들은 한 방향으로 기울었다 일어서기를 반복하고, 줄지어 선 향나무는 바닷속을 유영하는 물고기 꼬리지느러미가 되었다. 하늘 구름은 유유히 흐르고 햇살은 눈부신데 봄바람만 신이 났다. 새해를 맞이하며 들이닥친 코로나19로 매일 긴장하고 있다. 바이러스의 난국에 꼼짝없이 갇혀 지내고 있지만 머지않아 자유로운 시간이 찾아올 것을 기대한다. 실타래 풀리듯 봄이 오고 일상이 다시 오기를 기다린다.

무서운 속도로 번진 바이러스로 전 세계가 아시아 사람들을 두려워한다. 매일 확진자 숫자가 껑충껑충 뛰어오르고 사망자도 늘고 있다. 정부와 의료진이 최전선에서 사투를 벌이고 사람들은 한마음으로 응원하고 있다. 하루라도 빨리 잠잠해지기를 바라며 시민이 지켜야 할 사항에 귀를 세운다. 외출을 자제하고 손을 깨끗이 씻는 일, 열이 나거나 기침을 하면 선별 진료소에서 검사를 받는 일, 외출할 때는 마스크를 착용하고 사람과 사람 사이에 거리두기가 중요하다. 나를 위하고 다른 사람을 위한 권고 사항을 잘 지켜야 하는 때이다. 한국을 발칵 뒤집어 놓은 바이러스는 유럽과 미국으로 날아가 지구촌이 난리이다.

방송에서 권고하는 외출 자제로 3주째 집에 머물고 있다. 아무도 오지 않고 만나지도 않는다. 마트나 시장에도 가지 않았다. 냉장고에 있던 음식과 재료를 이용해 먹고 산다. 서리태와 다시마를 넣고 잡곡밥을 한다. 감자와 양파를 넣고 된장국을 끓이고 잔멸치를 볶았다. 김치부침개를 하고 미역국도 끓여 먹는다. 진공 포장해 놓은 돼지고기 한 덩어리를 넣고 김치찌개도 해 먹었다. 부모님 산소지기에게서 사온 도토리 가루가 냉동실에 있었다. 도토리묵을 쒀 식사 때마다 요긴하게 먹었다. 간식은 땅콩과 밤을 챙겼고 물은 건칡과 대추를 넣고 끓여 먹었다. 장을 보지 않고도 20여 일을 살 수 있다는 사실이 놀랍다. 얼마나 많은 음식과 재료를 쌓아놓고 살았는지 새삼 알게 되었다. 냉장고와 냉동실이 깨끗하게 비워지고 있다.

일주일에 세 번 스포츠센터에서 요가를 하던 몸이 점점 굳는다. 거실에 매트를 깔고 그동안 해왔던 방식대로 요가를 한다. 만족스럽진 않지만 어느 정도 유연해졌다. 일상이 자유롭지 않은 지금 사람들은 어떤 운동을 하며 지내는지 궁금하다. 함께 어울려 마음껏 기지개를 켜던 때가 그립다. 다른 운동을 조금 더 하고 싶어서 엘리베이터를 타고 1층에서 내렸다. 계단을 쉬지 않고 오른다. 2층, 3층 오를 때까진 쉽다. 4층, 5층, 6층 까지도 힘들지 않다. 7층부터 조금씩 숨이 차기 시작하고 8층, 9층을 오를 때면 심장이 두근대며 걸음이 느려진다. 10층 집 앞에 서면 산봉우리를 정복한 기분이다. 어디서든 가깝게 접할 수 있는 방법을 찾아 운동을 한다.

욕조에 물을 받는다. 벽에 샤워기가 걸려 있는 채 뜨거운 물을 받으면 떨어지는 열기로 욕실이 훈훈해진다. 안개처럼 뿌연 거울에 희미한 물체가 있다. 누구인가. 그는 어떻게 살아왔고 어떻게 살아갈 것인가. 깊고 긴 터널을 빠져나와 마음 가다듬은 사람, 세상에 진실이 통한다고 믿는 사람이다. 자신의 이익을 위해 눈치껏 기울어지지 않고, 누가 뭐래도 자신의 길을 묵묵히 간다. 기쁘면 웃고 아프면 괴로워하고 슬프면 눈물 흘리는 것으로 스스로를 달랜다. 힘든 과정을 지나오며 생긴 삶의 면역력으로 인생을 관조하기도 한다. 인연의 소중함을 간직하고 지나온 시간이 기적이라며 감사할 줄 아는 마음을 갖고 있다. 자나 깨나 감사하다는 사람 하나 서 있다.

세차게 불어대는 바람은 아직 잠들지 않았다. 산수유와 매화는 꽃을 활짝 피웠는데 봄바람은 세상을 휘젓고 있다. 세계적 대유행 코로나 바이러스로 지구촌 어디나 안전하지 않다는 사실을 알게 한다. 몇 년 전, 사스와 메르스를 겪으며 조바심하던 때가 있었다. 그때도 우리는 슬기롭게 이겨냈다. 주기적으로 한 번씩 출몰하는 바이러스와의 전쟁, 코로나19는 먼저 왔던 것과는 심각성이 다르다. 이것도 잘 이겨낼 수 있기를 소망한다. 다시는 바이러스가 출몰하지 않기를 바라지만 살면서 어쩔 수 없이 마주쳐야 하는 일들은 예측 없이 일어난다. 포노 사피엔스 phono sapiens인 우리는 4차 산업혁명 시대에 다가와 있다. 앞으로 어떤 것과 싸워야 할지 모를 일이다. 마음의 준비를 하고 일상에서 더욱 단단해져야 하겠다.

코로나19 -2

-2020년 4월

　　전염병이 확산한 지 두 달이 넘었다. 처음 중국 후베이성에서 출몰하여 번지기까지 이렇게 오래갈 줄은 몰랐다. 세계적인 치명타가 될 줄은 더욱 몰랐다. 전 세계적으로 하루 확진자와 사망자가 수백 명 수천 명이라는 소식을 접할 때마다 믿기지 않는 사실에 놀란다. 세계보건기구WHO가 전염병 경보단계 중 최고 위험 등급인 팬데믹pandemic을 선포한 지도 한참 지났다.

　코로나19의 필수 갑옷은 마스크이다. 자신을 보호하고 감염을 예방하는 그것을 사기 위해 두세 시간 기다리는 것은 예사다. 평소 귀하다 생각하지 않던 물건이 값이 뛰면서 쉽게 접할 수 없게 되었다. 마스크를 사기위해 길게 줄을 서고, 만족하게 채워주지 못하는 공급에 사람들은 목이 탄다.

　50개 주와 특별구 하나를 합친 미국은 땅도 넓지만 사람도 많다. 그곳에 발을 디딘 코로나19는 실시간으로 감염자 수를 갱신했다. 딸에게 마스크를 보내줘야겠다. 약국에서는 2장씩 밖에 살 수 없지만 인터넷에서는 10장도 살 수 있다기에 KF 94를 주문했다. 해외 거주 가족에게 보낼 때는 8매를 넘을 수 없으며 가족관계증명서가 필요하다. 수만 리 먼 타국에 있는 자식의 안위를 위해 몇 장의 마스크를 보내며, 전쟁터에 군수 물자를 보내는 마음이 든다. 무자비한 바이러스로부터 보호받을 수 있기를 바라는 마음이다.

모든 일상이 일시 정지되었다. 학교 개학이 미뤄지고 졸업식은 취소되었다. 결혼식 날짜가 변경되고 주민 센터 취미반도 멈췄다. 기독교, 불교, 천주교는 예배나 집회, 미사를 하지 않는다. 전염병이 더 퍼지지 않게 하기 위해서 최대한, 사람과 만나는 모임을 금지하고 있다. 그럼에도 자고 나면 늘어나는 확진자 숫자를 확인하며 사람들은 점점 더 깊은 섬으로 고립되어간다. 북적이던 시장과 마트에는 사람이 없고, 여행객이 사라진 썰렁한 도시, 일상생활을 마비시키는 바이러스의 위력을 실감한다. 코로나19와 전쟁을 겪으며 평범한 일상생활이 얼마나 즐겁고 소중했는지 깨닫게 되었다.

전염병과의 전쟁 중에도 학생은 된다. 올해 8살인 손녀는 초등학교 입학생이다. 입학식이 미뤄진 상태에서 등기 우편물로 명찰과 학교생활을 알려주는 인쇄물을 받았나 보다. 휴대폰으로 음성 메시지가 왔기에 들어보니 자신이 입학한 학교 교가 부르는 목소리가 또랑또랑하다. 벌써 다 익혔다. 얼마나 신통한지 나도 음성 메시지로 칭찬을 아끼지 않았다. 학교 운동장과 공부할 교실을 둘러보고 담임 선생님과 첫 만남을 가져야 할 입학식이, 각자의 집에서 우편으로 이루어지고 있다. 학년이 올라간 후 평범한 입학식을 보게 되면 자신의 첫 학교 생활이 달랐었다는 것을 알게 될 것이다. 세상이 코로나 바이러스와 사투를 벌이는 암담한 시기에도 수정처럼 맑은 기쁨을 맛볼 수 있었다.

모든 것이 멈춘 상태에서 한국은 선거를 치렀다. 21대 국회의원을 뽑는 날, 투표를 하기 위해 집을 나섰다. 근처 고등학교에 설치된 투표소를 향해 길게 서 있는 줄, 앞사람과의 거리는 1미터 이상이며 마스크 착용은 필수이다. 아무리 코로나19가 무서워도 소중한 표를 행사하기 위해 투표장에 나온 사람들, 서로를 위해 칩거했지만 오늘은 과감히 밖으로 나왔다.

봄꽃의 대명사 벚꽃과 산수유가 만개했다. 사람들이 역병과 전쟁을 치르든 말든 때가 되었다고 얼굴을 내미는 꽃나무가 신통하다. 전국의 꽃 축제가 문을 닫고 사람 모이는 행사는 모두 취소된 상태에서도 활짝 피어 햇살을 받는 의연한 꽃이 고맙다. 감염병에 휘둘리는 4월이지만, 꽃 덕분에 답답했던 마음이 풀리며 기분도 상쾌해진다. 멀리 갈 것 없이 살고 있는 주위에서 꽃을 보며 위로를 받는다.

조용히 사람에게 침투하고 맥없이 쓰러뜨리는 바이러스의 기세, 언제 꺾일지 모르는 난리는 쉽게 정점을 찍지 않는다. 감염자와 사망자가 감당할 수 없게 쏟아진다. 시신을 묻기 위해 섬 하나를 정한 후, 관 뚜껑에 이름을 쓰고 벽돌처럼 차곡차곡 쌓아서 흙으로 덮는 상황이 벌어지고 있다. 바이러스를 종식시킬 약이 없고 방법도 없다니 안타깝다. 2

차 세계대전 이후 가장 심각한 위기의 때라고 한다. 평범해서, 너무나 평범해서 감사를 잃어버린 일상의 소중함, 평범한 일상은 진정 축복이었다.

코로나19 -3
-2021년 7월

코로나19 바이러스가 창궐한 지 1년 6개월이 지났다. 전 세계는 아직도 그 손아귀에서 벗어나지 못하고 있다. 오히려 여러 형태로 변이하고 있는 바이러스의 발생으로 더욱 긴장하고 있다. 영국에서 발생한 알파 변이 바이러스, 남아공 베타 변이, 브라질 감마 변이, 인도 델타 변이 바이러스가 숨통을 조이고 있다. 그중 전파력이 가장 강한 델타 변이는 결국 델타 플러스 변이까지 발생했다. 꼬리에 꼬리를 무는 이런 상황이 언제까지 이어질지 막막하다.

미국에서 딸이 보내온 꽃무늬 마스크가 바닥을 드러내고 있다. 한 번 쓰고 버리기 아까울 정도로 예쁜 마스크를 넉넉하게 보내주었다. 어린 이용은 손녀에게 주고 내게 온 백여 개의 마스크는 수십 명의 주위 사람들과 나누었다. 바이러스로 마음이 무거운 때 밝은 분위기를 만들어 주는 화사함이 희망을 준다. 감염병 초창기에는 몇 장의 마스크 사기가 힘들었지만 시간이 지난 지금은 마스크 구하기 위해 애를 태우는 일은 없다. 약국이나 마트에 기본으로 준비되어 있고 사람들도 쌓아놓고 사용할 정도로 넉넉하다. 사람의 능력은 어떠한 상황에서도 대처해 나갈 수 있는 능력이 있다.

바이러스를 이기기 위해 나라마다 앞다투어 백신을 개발했다. 미국, 영국, 러시아, 중국, 인도가 백신을 개발했고 접종도 시작했다. 현재 몇몇 국가는 1차 접종과 2차 접종이 진행 중이다. 미국은 전 국민 60%가 1차 접종을 마쳤고 한국은 50%가 1차 예방접종을 마친 상태이다. 화이자, 모더나, 아스트라제네카 중에 골라 맞겠다는 사람도 있고, 위험해서 안 맞겠다는 사람도 있지만 나는 편안한 마음으로 아스트라제네카 1차 접종을 했다. 백신을 접종한 사람마다 증상이 다르다는데, 나는 주사 맞은 왼쪽 팔이 며칠 묵직할 뿐 별 이상은 없었다. 2차 접종 날짜는 자동으로 예약되었다.

크고 작은 파도가 밀려오듯 코로나19는 몇 번의 유행이 지나갔다. 1차, 2차, 3차 유행도 지나 잠잠해지는가 싶더니 4차 유행의 조짐이 보이기 시작했다. 바이러스 확진자 숫자가 1,500명대로 치솟았다가 이내 이천 명을 넘나들어 사람들을 긴장하게 했다. 화마에 휩싸인 불구덩이를 지나고 있다는 생각이다. 급박하게 퍼지는 바이러스를 잠재우기 위해 사회적 거리두기는 4단계로 격상되었고 바이러스와 사람 간 초긴장 상태가 이어지고 있다.

봄이 가면 나을까, 여름 가면 나을까 기대하며 1년 6개월이 지났지만 감염병은 좀처럼 가라앉지 않는다. 언제까지 이어질지 막막하지만 위

급한 상황이 지나고 나면 분명 평안한 일상이 올 것이라 믿는다. 지금
의 이런 상황을 옛날이야기처럼 할 때가 있을 것이다. 보고 싶은 사람
과 언제라도 만나고, 여행 가고 싶은 곳으로 가볍게 떠날 수 있는, 그런
세상이 우리에게 오기를 고대하고 있다. 희망을 잃지 말아야 한다. 우
리의 내일을 위해.

혼돈의
세상에
은총의
빛이

-2020. 12. 20

　12월이다. 예수 성탄 대축일을 기다리며 준비하는 시기이다. 그리스도왕 대축일을 지내고 난 다음 주부터 한 달간 이어지는 대림待臨은 네 개의 초에 매주 하나씩 불을 붙인다. 기대감으로 가득한 시기이다. 어두운 세상이 환한 세상으로 바뀌어가는 과정이며 절망을 벗어나 빛으로 나아가는 희망의 때이다. 전 세계가 한마음으로 기다리는 성탄절이 올해는 어느 때보다도 특별하다. 특히 한 번도 멈추지 않던 가톨릭 미사가 뚝 끊어져, 서로 만날 수 없는 시기에 찾아온 대림이라 더욱 소중하고 간절하다. 대림은 예수의 탄생이 다가왔다는 의미이다.

　성탄절을 일주일 정도 남겨 놓은 때 본당 신부님의 메시지를 받았다. 대송(묵주 기도, 성서 봉독, 선행, 방송 미사)을 바치고 성당에 오면 성체를 영할 수 있다는 내용을 전 신자에게 보낸 것이다. 대림 4주에 성당을 찾았다. QR 코드로 인증 받고 체온을 잰 후 손 소독을 마쳤다. 오랜만에 찾은 성전은 예전 그대로인데 내 마음은 변했다. 그리웠다. 내

집처럼 드나들던 곳에 발걸음을 하지 말아야 했던 외로움과, 서로를 위해 만나지 말아야 했던 서러움이 솟구쳤다. 넓은 성전에 사람들은 띄엄띄엄 앉아 조용히 묵상하고 있었다.

주임 신부님에 의해 오후 4시부터 4시 30분까지 영성체가 이루어졌다. 한마디 말없이 성작을 들고 제대 앞에 서 있는 신부님을 향해 사람들은 조용히 다가가 성체를 받았다. 일찍 와서 기다리던 사람들이 성체를 영하고 잠시 묵상하고 나가면 이어 몇 명이 들어왔다. 찬바람을 뚫고 달려온 사람들로 이어지고 끊어지기를 반복하며 영성체는 이루어졌다. 신부님도 신자들도 마스크를 단단히 하고 말 한마디 없었지만 물 흐르듯 자연스럽게 흘렀다. 천년이 하루 같은 주님의 시간에 인간이 역사를 남기는 2020년 대림이다. 약속된 영성체 시간이 끝나고 묵상을 마친 사람들이 집으로 돌아가 성전은 다시 깊은 고요에 들었다.

성체 조배조차 조심스러워 찾지 않던 성전에 앉아 있으니 마치 친정집에 있는 듯 포근하고 편안했다. 어디에 있든 사람의 속을 다 아는 주님이기에 말하지 않아도 아시겠지만 오늘은 성전에서 마음을 펼쳐 보였다. 비로소 하고 싶은 일이 생겼고 어떻게 살아야 할지 길을 찾았다고. 사별의 아픔 속에서 허무만이 들어앉았던 마음이 뭔가를 소망하게 되었다는 것은 삶의 변화이다. 오늘이 있기까지 연약한 심신을 붙들어 주신 분께 감사드리며 앞으로의 삶도 봉헌드렸다. 기도가 절실히 필요한 사람들을 위해 간절히 기원했다. 행복하다. 먹먹한 고요 속에 느껴지는 은총이 온몸을 휘감는다. 축복이다. 햇살처럼 쏟아지는 평화다.

사무실에 들러 달력을 받았다. 2021년이 빼곡히 들어찬 하루하루가 금싸라기같이 빛나고 있다. 희망의 날들을 어떻게 맞이하고 어떻게 보내야 할지 잠시 생각했다. 귀한 해를 선물 받았으니 사랑을 나누며 살겠다는 다짐을 한다. 내가 누군가의 도움을 받아 오늘에 서 있듯 누군가의 간절함에 기쁨이 될 수 있게 살겠다는 결심이다. 마음 아픈 이의 심정을 이해하고, 도움이 필요한 이의 사정을 헤아려 조금이라도 힘을 낼 수 있게 하는 해가 되길 빌었다. 나 한 사람의 작은 배려와 사랑이 퍼지고 퍼져 세상이 조금이라도 따뜻해지기를 바라본다.

짙은 보라, 연보라, 분홍, 흰색의 초가 다 켜졌다. 매주 하나씩 불을 붙여 네 개의 대림초가 다 밝았으니 크리스마스가 코앞이다. 12월, 거리의 나무는 잎 하나 남기지 않고 앙상하게 떨고 있지만 사람들의 마음은 점점 훈훈해지고 있다. 비록 코로나19의 창궐로 만나지 못하는 쓸쓸함이 있지만 누군가를 위해 기도할 수 있어 넉넉하다. 주님 탄생을 생각하면 마음이 풍요롭다. 혼자 가는 인생길, 그분과 함께 갈 수 있어 외롭지 않다. 지구촌이 성탄의 빛을 받고 있다. 우리를 비추는 저 빛 속에서 세상 사람 모두가 행복하기를, 햇살 같은 매일이 축복이기를 기원한다.

가톨릭 신자의 숭고한 신앙심을 바탕에 둔 김태실 문학
의 뿌리는 '하느님 사랑의 실천'이 아닐 수 없다. 그의 문학
은 세상 모든 사람이 함께 겸허히 사랑을 나누어 아름다운
세상을 만드는 '낙원' 사상의 바탕을 마련하고 있다.

-「작품해설」중에서

겸허히 아름다운 세상을 만드는
'낙원' 사상의 바탕

겸허히 아름다운 세상을 만드는
'낙원' 사상의 바탕

지연희 | 전)한국수필가협회 이사장

문학은 눈에 보이거나 보이지 않는 보편적인 대상에 대한 작가의 사고와 정신이 빚어 놓은 특별한 세계이다. 까닭에 글쓴이가 산출해 놓은 아름다운 영혼의 결정체는 오직 유일한 가치로 존재하는 단 하나의 산물이다. 수필 문학의 르네상스라 일컫기도 하는 작금의 시대는 수필 문학 문학성 재고의 기틀을 공고히 하는 작품들을 감상할 수 있어 매우 믿음직한 현상이라 말할 수 있다. 사실 체험 그대로를 기술하던 관습적인 문체를 뛰어넘어, 생각이나 말을 구체적 이미지로 형상화한 문장의 예술적 실험성에 주력하는 수필들도 눈에 띄고 있다. 여간 바람직한 일이 아니다. 어느 한 때 수필 문학이 '문학'이 아니라는 시절도 있었으나 수필은 한국문인협회 문학 장르의 명실상부한 '갈래'인 것이 사실이다. 그런 까닭에 많은 수필가들은 문학성 짙은 수필쓰기에 심혈을 기울이고 있다.

김태실 수필가는 2004년 한국문인 수필 부문 신인상과, 2010년 계간 『문파문학』 신인상 시 부문에 당선되어 문단 활동을 활발하게 하고 있는 작가이다. 이번 수필집 『밀랍 인형』 외 3권의 수필집과 시집 『시간의 얼굴』

외 1권을 출간한 문단 경력 20년을 내다보는 역량 있는 작가이다. 2021년 가을 수원문화재단의 문화예술지원금을 받고 출간하는 수필집『밀랍 인형』은 그간의 정형화된 구조와 문체를 뛰어 넘는 작품들이 많다. 요소요소 독자의 시선을 강렬하게 붙들고 있는 작품들을 감상하다 보면 얼마나 치열한 노력의 결과물인지 예감하게 한다. 많은 부문 사별한 남편에 대한 이별의 처절한 아픔이 가슴을 울리지만, 육신이 가난한 이웃, 마음이 가난한 주변 사람들을 위해 그들의 아픔을 함께하는 사연들이 아름답다. 가톨릭 신자의 숭고한 신앙심을 바탕에 둔 김태실 문학의 뿌리는 '하느님 사랑의 실천'이 아닐 수 없다. 그의 문학은 세상 모든 사람이 함께 겸허히 사랑을 나누어 아름다운 세상을 만드는 '낙원' 사상의 바탕을 마련하고 있다.

새벽마다 찾아오는 새, 10층 실외기가 숲속 나무 꼭대기쯤 될까. 에어컨 실외기에 앉아 노래를 한다. 경쾌하고 신선하다. 작은 몸으로 어떻게 저렇게 청명한 소리를 낼까. 각자 목소리가 달라서 어떤 때는 운치 있는 가곡을 들려주고 어떤 때는 오페라 아리아를 들려주기도 한다. 깊은 잠에 빠져있던 내 의식은 노랫소리를 들으며 서서히 돌아와, 또 하루의 아침이 열리고 있다는 것을 알게 된다. 안온한 평화이다. 매일 아름다운 기부를 하는 손님은 몸통이 아기 주먹만 하기도 하고 아기 손바닥만 하기도 했다. 온몸을 다해 지저귀는 새의 맑고 쾌활한 노래는 아름다운 기부이다. 희망찬 하루를 열 수 있게 해 주는 친구의 기부로 내 삶은 윤택하다. 행복한 보물로 가득하다.

잘 먹고 잘 자고 유순한 성격의 손녀는 건강하고 탐스러운 머리칼을 갖고 있다. 엉덩이 아래까지 치렁한 머리카락을 소아암 친구들에게 기부하기 위해 잘랐다. 8년 동안 감고 말리며 돌본 분신을 기쁘게 자를 수 있는 것은, 항암치료로 탈모가 심한 어린이에게 특수 가발을 제작해 나누기 위해서다. '어-어린 암환자를 위한, 머-머리카락, 나-나눔'의 준말인 어머나 운동에 동참하는 것은 세상을 행복하게 하는 일이다. 소아암 친구들의 가발을 만들기 위해선 길이가 25cm 이상이 필요하다. 두 가닥으로 나눠 고무줄로 묶은 후 아낌없이 잘려진 머리카락은 힘든 친구들에게 큰 기쁨이 될 것이다. 자르고 나자 어깨를 찰랑이는 머리칼, 8살 손녀는 아름다운 기부로 몸과 마음이 한 뼘 더 성장했다.

- 수필 「두레박에 담긴 꽃다발」 중에서

로봇다리 수영선수 김세진은 두 다리와 오른손이 없다. 보육시설에서 친구들과 어울리지도 못했다. 자원봉사하던 양어머니에 의해 입양된 그는 두 다리의 뼈를 여섯 번이나 깎는 고통을 겪으며 의족으로 일어서 걷기까지 피나는 재활치료를 했다. 마라톤을 완주하고 죽음을 각오한 수영에 도전하며 한국을 대표하는 장애인 수영선수로 우뚝 섰다. 양어머니와 누나의 뜨거운 사랑과 자신의 피나는 노력이 이룬 쾌거다. 장애의 고통을 알기에 또 다른 장애인의 후원자가 되어 한국을 빛내고 있는 그는, 비록 장애를 갖게 되었을지라도 희망을 갖고 살아야 한다고 꿈을 심는 강연을 한다. 그의 강연을 들으면 사람들의 생각은 희망으로 바뀔 것이다.

건강하게 살던 사람이 하루아침에 장애 등급을 받게 되는 경우는 허다하다. 후천적 장애 확률이 90% 이상이라는 통계는 누구든, 언제든지 장애를 지니게 될 수 있다는 말이다. 육체적 장애뿐 아니라 정신적 장애가 얼마나 힘든 삶을 살게 하는지 장애를 겪는 사람은 안다. 법륜스님은 '이미 일어난 일을 상처로 간직해서 빚으로 만드느냐, 경험으로 간직해서 자산으로 만드느냐는 자기 자신에게 달려있다'라고 했다. 내가 다른 사람이 될 수 없듯 다른 사람 또한 내가 될 수 없기에 오직 스스로의 걸음으로 발짝을 떼어야 한다. 걸림돌은 하나의 디딤돌이 되어 새로운 삶을 살게 하고 아름다운 도전으로 밝은 내일을 약속한다. 절망을 이겨낸 사람들에게 박수를, 막막한 괴로움을 딛고 일어서고 있는 사람들에게 용기를 보내며 두 손을 모은다.

- 수필 「아름다운 도전」 중에서

희로애락의 삶을 감내하면서 살아야 하는 인류에게 주어진 사명은 무엇일까 생각하게 된다. 어떻게 살아야 평생의 삶을 '잘 살았다'라는 말로 규결 지을 수 있을지에 대한 질문이다. 무엇보다 삶은 진리를 향한 참다운 정신의 바탕이어야 할 것이다. 남에게 피해를 끼치지 말아야 하고 거짓됨이 없어야 하며, 이상을 세워 사회에 공헌하는 아름다움을 만드는 일일 것이다. 수필 「두레박에 담긴 꽃다발」은 아침이면 예고 없이 날아와 때로는 '운치 있는 가곡을 들려주고 어떤 때는 오페라 아리아를 들려주는' 새들의 노래로 눈을 뜨게 하는 감사이다. 손바닥 크기의 새들이 아침을 깨우는 콘서트는 깊은 잠에 취한 사람의 의식을 깨워 '온몸을 다해 지저귀는 맑고 쾌활한 아름다운 기부'에 이르게 한다. 희망찬 하루를 열 수 있게 해 주는 '친구'라는 것이다. 두레박에 가득 담긴 꽃다발과 같은 감미로운 행복이 가득한 선물이다. 선물은 누군가에게 전해주는 아름다운 마음의 증표이다. 수필 「두레박에 담긴 꽃다발」의 핵심적인 메시지는 3년 간 정성껏 기른 머리를 잘라 소아암 환자들을 위해 선물하는 손녀의 아름다운 마음을 담고 있다.

수필 「아름다운 도전」은 장애인이 겪는 육체적 정신적 고난의 아픔을 굳건한 의지로 딛고 일어서는 아름다운 도전 의지를 들려준다. 절망과 좌절로 점철되었을 불편한 육신을 지닌 사람들이 어떤 의지로 어둠 속 세상을 딛고 일어서는지 조명하고 있다. 세상 모든 장애인의 어머니로 불리어졌던 헬렌 켈러는 어린 시절부터 열병으로 시각과 청각장애인으로 살았지만 앤 설리번 선생님을 만나 감각과 후각을 통한 정성어린 교육의 힘으로 하버드의 래드클리프 대학을 졸업했다. 사물이 보이지도 귀가 들리지도 않는 중복 장애인으로 얼마나 큰 고난을 견디어 미국의 작가이며 교육자가 될 수 있었을까. 그녀는 세상 모든 장애인의 표상이었다. 희망이고 꿈의 전도사였다. 어둠에서 빛으로 일어서는 기적을 보여주었다. 로봇다리 수영선수 김세준의 굳은 의지처럼, 전신 장애로 거동이 불편한 한 여인의 교육열이 당당하고 보람차게 자신을 키울 수 있는 열쇠가 된다는 사실을 이 수필은 들려주고 있다. 인생은 어떤 외부적인 현상으로 살아가는 일이 아니라, 어떤 정신으로 삶을 윤택하게 하느냐에 달려있는 까닭이다.

만월이다. 밝은 빛을 내뿜는 달을 눈동자에 담는다. 고요하면서도 화려한 달의 말이 가슴으로 스며든다. 쓰러져 누울 때마다 손잡아 일으켜 준 빛은 생의 흐름을 지긋이 바라보게 했다. 흐르며 변화하는 삶은 자연스러운 것이고, 죽음과 삶의 경계는 그리 멀리 있지 않다고 마음을 다독였다. 아직도 불쑥 솟기를 자주하는 눈물샘을 말려주면서 공허한 가슴에 빛을 채우라고 한다. 그의 말대로 팔 벌려 달을 품에 안았다. 오래 휘청이던 한 포기의 풀이 깊은 호흡을 한다. 감은 눈두덩으로 쏟아지는 빛, 그 속에 떠나간 풀의 모습이 환하다. 벅찬 위로가 온몸을 감싼다. 볼을 타고 흐르는 두 줄기의 눈물은 그리움이며 행복인 눈물인지도 모른다.

같은 듯 같지 않은 하루, 매일의 삶은 예측할 수 없다. 오래 함께했던 사람이 떠나기도 하고 눈물로 떠나보내기도 해야 한다. 사연 많은 매일은 폭죽이 터지기도 하고 때론 폭탄이 터지기도 한다. 짓궂은 인생에 울고 웃는 단막극이다. 운명을 거스를 수는 없지만 운명에 대처하는 마음 자세는 바꿀 수 있지 않을까 생각한다. '원하는 감정은 받아들이고 원하지

않는 감정은 버림으로써 감정의 주인이 된다*"는 작가 에릭 메이슬의 가
르침을 가슴에 새기며 현실을 직시한다. 그는 갔고 나는 남아있다. 우리
헤어졌지만 다시 만나리라는 희망을 버리지 않는다. 익숙하지 않은 하루
가 익숙한 하루로 건너가고 있다

— 수필「달빛 속의 풀」중에서

    나는 하나의 인형이 되어가고 있었다. 백야 같은 밤이 지나고 나면 진
종일 자리에서 일어나지 못했다. 아무리 힘들어도 출근하는 일을 목숨처
럼 지키는 남편은 멀쩡하게 회사를 향했다. 밀랍 인형을 모으기 시작하
면서부터 현재를 살지 않는 사람처럼 변해가는 그는 다정다감하고 성실
하던 모습은 점차 사라지고 이상의 세계를 떠도는 눈빛이 되어 갔다. 인
형과 대화를 나누며 그 삶에 빙의되어 웃기도 하고 울기도 했다. 그는 수
백 년의 시간을 넘나들며 시대를 초월한 삶을 살았다.
    인형에 대한 집착은 멈추지 않고 달렸다. 자식과 아내는 현실과 공상
의 세계를 오가는 그를 끌어내지 못했다. 그는 오직 밀랍 인형 생각밖에
없었다. 허상의 삶이 현실이고 현실이 허상이 되어갔다. 그러면서도 직
장에서는 갈수록 인정받았다. 현명한 그의 처세는 사회에서 없어서는 안
될 사람으로 승승장구했다. 그러나 어느 날 단칼에 무 자르듯 직장을 그
만둔 남편은 하루 종일 인형들 속에서 살았다. 아흔일곱 번째 인형 마더
테레사가 도착했다. 97이라는 숫자가 되기까지 인형의 집에서 남자는 인
형이 되어 갔다.

— 수필「밀랍인형」중에서

    수필「달빛 속의 풀」을 들여다본다. 어느새 6년이라는 시간이 지났지만
이별의 상처를 남긴 남편의 부재 속에서 이 수필의 필자는 그리움으로 묶

인 굵은 포승에서 벗어나지 못하고 있다. '사람이 당하는 고통의 크기가 얼마만 해야 정신을 놓을까. 사별의 충격은 살아있는 사람 하나를 바닥으로 추락하게 했고, 생사의 숨은 얼굴을 직시하게 했다. 오랜 시간 바닥에 쓰러져 껍질을 벗었다.'는 상실의 처절한 몸부림이 가슴을 메어지게 한다. 부부의 연緣은 하늘이 맺어준다고 했다. 평생을 한 몸으로 가정을 이루고 살아온 한 사람이 어느 날 홀연히 사라진다는 일은 쉽게 용납되지 않는다. 하지만 '익숙하지 않은 하루가 익숙한 하루로 건너가고 있다'는 수필 「달빛 속의 풀」의 메시지는 오랜 시간 삶의 의미가 사라지고 추락한 시점으로부터 시작한다. 밑바닥에서 꼼짝 못하던 물체(자아)가 비로소 가슴에 단단하게 뿌리를 내린 '풀' 하나를 존재하게 하는 성찰이다. 쉬이 뽑히지 않는 영겁의 사랑이다. 곁에 없으나 늘 함께하는 영원한 동행을 의도하는 일이다.

수필 「밀랍인형」은 일반적인 수필 형식인 사실 배경을 다소 조각彫刻하여 소재와 주제를 조합한 유니크한 수필이다. 종소기업의 착실한 일꾼이었던 남편이 어느 날 직장을 그만두고 '밀랍인형'에 심취하여 기회만 있으면 하나씩 둘씩 인형의 수를 넓히기 시작한다. 첫 번째의 관심은 미국 출장길에 구입한 강철 시장을 석권한 강철왕 카네기이다. 이후 스티브 잡스, 소크라테스, 간디, 잔 다르크, 나이팅게일, 반기문 유엔 사무총장 등 남편의 밀랍인형에 대한 집착은 정도를 벗어날 만큼 숫자를 더해갔다. 매릴린 먼로가 집에 오고, 환각 상태처럼 몽환에 걸린 듯 혼미한 그의 집착력은 아흔일곱 번째 마더 테레사 수녀님으로 종지부를 찍게 된다. 이 수필의 흐름을 통찰하면서 김태실 수필가가 단순하게 밀랍인형에 집착하는 남편의 지나친 편력만을 보여주려는 의도는 아니라는 점을 생각했다. 강철왕 카네기로부터 시작되는 인물들의 배후를 나열하며 김태실 수필가의 작품이 전하는 의도는 남편과 밀랍인형은(각기인물의 성향에 따른 밀접한 내통)이 있었다는 것이다. 범상치 않은 인물들이 세상을 짊어 온 크기에 따라 남편은 극명하게 그들과 하나가 되었던 것이다. 평범한 한 남자가 지녔던 아흔일곱 각기 다른 삶의 방법을 조망하면서 그들의 삶 속에 머무르던 행복이 연상되고 있다. 다만 마지막 아흔일곱 번째 마더 테레사 수녀님으로 마침표를 찍는 의도의 암시적인 제시는 교통사고로 죽음에 이른 남편의 신앙심과 무관하지 않았을 것이라 생각한다. 평생을 이웃 사랑으로 헌신하고 죽음에 이른 성녀 테레사 수녀를 깊이 살 수 있을 것 같다.

이야기를 들려주는 사진가 에릭 요한손의 작품 세계에 빠져들었다. 형이상학적 집의 구조와 숲 속의 에스컬레이터는 먼 훗날 우리 생활에 실제로 찾아올 것이라는 희망을 준다. 비 오는 날 하늘을 물속처럼 자유롭게 떠다니는 물고기들, 큰 핀셋으로 별을 따는 작품 앞에서는 오래 머물렀다. 빛나는 별을 갖고 싶은 사람들을 숨통 틔우게 하는 신선함이다. 자연스럽게 현실과 접목해서 창조해낸 작품 앞에서 사람들은 한 번씩 사진 속의 주인공이 된다. 실제로 사진 속 하늘을 향해 붙여 놓은 커다란 집게를 잡고 그 끝에 물려 있는 별 하나를 가슴에 품는다. 불가능을 가능하다 말하는 에릭으로 인해 사람들은 꿈을 만난다.

프린트 사진 한 점을 샀다. 세로 22cm 가로 32cm의 사진은 LP 판에 연결된 나팔에서 노래처럼 풍경이 흘러나온다. 하늘과 호수 사이로 끝없이 이어지는 나무와 풀들, 저 판만 틀어 놓으면 민둥산이 숲이 되고 허허벌판이 아름다운 풍경으로 바뀌게 될 것이다. 그곳에 깃드는 새와 곤충, 꽃과 나비로 동화의 세계가 펼쳐지지 않을까. 사진 속에서 앞쪽의 두 사람은 새로운 판을 마주 잡고 가고 있다. 그들이 새 판을 갈아 끼우면 나팔을 통해서 새로운 무엇이 쏟아져 나올지 궁금하다. 에릭의 사진을 집으로 가져와 벽에 붙여놓고 오며 가며 그의 상상을 만난다.

- 수필 「상상을 찍다」 중에서

북한의 김정은은 평화의 길로 가기 위해 두 가지 조건을 내세웠다. 체제 안정과 경제 성장이다. 전 세계가 반대하는 핵을 폐기하고 평화의 길로 가는 대신 자신의 자리를 확고하게 하고 경제적으로 발전하길 원한다는 것이다. 유학파 김정은이 마음을 바꿔준 것은 고마운 일이나 그런 일이 잘 이뤄질지는 미지수다. 새로운 문물을 받아들여 지적으로 깨어난 사람들이 갇혀있던 시대의 독재 체제에 적응할지 의문이고 다른 나라의 자유민주주의를 알게 된 그들이 그 체제에 따라줄지도 의문이다. 핵을 완전히 없애기만 하면 북한이 경제적으로 부흥하게 해 주겠다고 미국은 약속했다. 과연 북한이 이웃나라와 소통하고 전 세계의 호응을 얻어 안정되게 살아가게 될지 궁금하고 자못 기대가 된다.

역사는 흐른다. 수명이 아무리 길어졌다 해도 사람은 때가 되면 떠나야 한다. 사람은 가도 역사는 남기에 오점을 남기기보다 좋은 획을 남길 수 있기를 바라는 마음이다. 첫발을 내디딘 평화협정이 쉽지야 않겠지만 얽혀있는 끈을 하나하나 풀어 좋은 방향으로 나갔으면 한다. 일본의 식민지 시대를 지나 한국전쟁을 거치고 고비고비 정치적 어려운 상황을 겪어 낸 사람들의 소망은 더욱 간절하다. 모든 일은 때가 있다. 수십 년 닫았던 마음의 문을 열고 2018년 봄에 좋은 뜻을 세상에 밝혔으니 좋은 열매 맺기를 기원한다. 후세에 통일이라는 선물을 안겨줄 수 있다면 이 시대의 우리는 역사에 진 빚을 갚는 기쁨이 될 것이다.

- 수필 「눈 뜨는 봄 1」 중에서

수필 「상상을 찍다」는 2019년 여름 예술의 전당에서 열린 에릭 요한손의 사진전을 소개하고 있다. 20세기 초현실주의 화가인 마그리트, 달리, 에셔에게 영감을 받아 기발한 상상력과 디테일한 묘사를 구축한 사진작가 에릭 요한손의 사진전이다. 그야말로 상상의 무한한 세계를 예술사진으로 완결해 낸 장인의 결과물을 들려준다. 풍선을 타고 출근하는 아저씨, 열기구를 타고 편지를 배달하는 우체부, 할아버지와 나룻배 위에서 불을 피워 생선을 구워 먹는 모습을 일상처럼 자연스럽게 보여준다. 서비스 트럭이 와서 매일 달의 모양을 바꾸어주기도 하고, 양털을 깎아 하늘로 올려 보내 구름을 만들기도 하는 모습이다. 천재는 보편성을 뛰어 넘는 이상의 세계를 열어내는 사람들을 일컫는다. 에릭 요한손의 사진전에서 수필가 김태실은 천재의 재능을 발휘하는 예술의 힘은 상상력으로부터 출발한다는 사실을 피력하고 있다. 무엇을 어떻게 조합하여 유한에서 무한의 가치로 가시화할 것인가를 고뇌한다는 일이다. 어떤 예술 장르도 상상이라는 창조적 팩트를 활용하지 않고서는 아름다움이 가능하지 않다는 답이다. 화가인 마그리트, 달리, 에셔에게 발화되어진 에릭 요한손의 〈상상을 찍다〉는 어쩜 당연하게 신세계를 열어야 하는 숙제를 안고 있었다고 본다.

수십 년 닫았던 마음의 문을 열고 2018년 봄 전 세계적인 주목을 받으며 북한의 최고 지도자 김정은은 남북 화해의 뜻을 세상에 밝혔다. 봄날의 무수한 화목처럼 좋은 열매를 맺을 수 있기를 기원했다. 이제 국민 모두의 오랜 숙원인 통일이 머지않았을 것이라는 기대로 벅찬 하루였다. 21세기 들어서도 요지부동 전쟁 준비에 혈안이 되어 있던 북한, 핵실험이 성공했다고 환하게 웃던 김정은이 달라진 것이다. 남한과 정상회담을 하겠다는 것이다. 핵을 폐기하고 전쟁 없는 평화의 나라를 원한다는 것이다. 얼마나 아름다운 일인지 남북의 정상이 우호적으로 서로를 대하고 도보다리를 평화롭게 산책하며 나누는 담소, 고개를 끄덕이며 수긍하는 두 정상의 모습은 화사한 봄날처럼 마음이 따뜻했다. 수필 「눈 뜨는 봄 1」은 3년 전 서로 손을 굳게 잡고 마치 되돌릴 수 없는 굳건한 약속이라도 하는 듯이 기대가 컸다. 단 한 발짝으로 북한 땅을 밟고 남한 땅으로 건너오는 모습을 바라보며 순간 세계는 환호했고 우리는 눈물을 흘렸던 적이 있다. 그러나 그 아름다운 약속이 다시 또 물거품이 되어 북에서는 여전히 남한을 비방하는 목소리를 높이고 있다. 남북 화해의 봄날을 염원하던 한 때의 부푼 가슴을 수필 「눈 뜨는 봄 1」은 들려주지만 어느 때보다 더 안타까운 아픔을 남기는 현실을 보여준다.

　　마르첼라와 나는 뮤지컬도 자주 보러 간다. 〈맘마미아〉〈겨울왕국〉〈엘리자벳〉 등 여러 뮤지컬을 감상하면서 무대 위의 삶을 간접 체험한다. 주인공의 괴로움에 같이 가슴앓이하고 즐겁고 행복한 삶에는 덩달아 기뻐한다. 살아가는 일이 힘든 것은 나 혼자만의 것이 아니라는 것, 세상 모든 사람은 어디에 살든 삶의 애환을 지니고 있다는 것을 알게 된다. 좁게는 나와 이웃, 멀게는 전 세계 사람들의 생활상을 느낄 수 있는 뮤지컬을 보며 누구의 삶이든 아름답다는 생각을 한다. 아프면 아픈 대로 행복하면 행복한 대로 또 서글프면 서글픈 대로 삶은 고귀한 것이다. 딸들의 배려로 문화 예술을 접하는 행복한 마르첼라와 나는 폭넓은 삶의 애환을 통해 뒤늦게 철들고 있다.

　　무언가 꾸준히 같이 할 수 있는 친구가 있다는 것은 참으로 감사한 일이다. 인생의 고락이 드러나는 연극과 뮤지컬을 감상하면서 마르첼라와 나는 정을 나눴다. 일상생활 안에서 삶의 애환도 함께 나눈다. 그녀가 몸이 아파 어둡고 캄캄한 절망의 터널을 지날 때 말없이 어깨를 끌어안고 같이 울었다. 막막한 걸림돌을 무사히 빠져나오길 엎드려 기도하며 그녀는 또 하나의 나라는 걸 느낄 수 있었다. 내게 하늘이 무너지는 아픔이 왔을 때 그녀 또한 기댈 어깨가 되어 주었다. 절망하여 축 늘어진 손을 잡아주고 같이 눈물 흘려주었다. 묵묵히 자신의 정성을 쏟아주었다. 연극보다 더 연극 같은 삶을 사는 우리는 서로에게 힘이 되는 사이다. 세월이 흐르고 흘러도 지금처럼 '같이 가실까요' 할 수 있었으면 좋겠다. 함께 공연을 감상하며 오래 울고 웃을 수 있기를 바라본다.

– 수필 「같이 가실까요」 중에서

우연히 만난 문학은 나를 잠식해 들어왔다. 처음엔 마음의 일부분이더니 갈수록 세를 불렸다. 시간이 지나자 그 품을 벗어나 살 수 없는 단계에 접어들었다. 어느 날 텅 비어버린 가슴에 들어찬 문학, 밤낮으로 그것을 안고 뒹굴었다. 눈물과 괴로움은 그 가슴에서 위로를 받았고 안위와 평안도 그 가슴에 자리를 잡았다. '글을 쓴다는 것은 넘을 수 없는 벽에 문을 그려 넣고, 그 문을 열고 들어가는 것이다.'라는 작가 크리스티앙 보뱅의 말을 생각하며 자나깨나 그 품을 파고들었다. 한 편의 글이 형태를 갖출 때마다 찾아오는 달콤함, 중독이다. 괴로움은 선물을 낳았고 슬픔은 풍요를 낳았다. 넉넉하고 행복한 중독이다.

중독은 종류에 따라 결과도 다르다. 메마른 삶에 꽃이 피고 열매를 맺어 삶의 보람을 안겨 주기도 하고, 지니고 있는 모든 것을 빼앗아 황폐함을 남겨 주기도 한다. 한 번뿐인 인생에서 어떤 삶을 살아야 하는가는 스스로 결정해야 한다. 누구에게나 주어진 자유의지로 어떤 길을 향해 가야 할지 깊이 고민해야 한다. 생의 끝에 안기는 결과는 자신의 선택에 대한 갚음이다. 오늘도 많은 사람이 중독이라는 이름에 흡수되어 흐르고 있다. 색깔과 맛과 향기가 다른 얼굴, 얼마만큼의 깊이로 젖어들고 있을까. 하루 지나면 하루만큼 이틀 지나면 이틀만큼 블랙홀에 빠져들게 하는 중독의 얼굴은 생사의 갈림길에서 달콤하게 손짓하고 있다.

- 수필「중독」 중에서

우연한 기회로 문화 예술 감상 도반으로 만나 오랜 세월을 함께 교류한다는 일은 함께한 세월만큼 다져진 서로에 대한 신뢰와 배려이며 굳건한 사랑의 방증이다. 같은 취미를 갖고 같은 생각으로 호흡을 함께 하는 절친이라는 말로 공유할 수 있는 관계의 두 사람의 우정이 아름답다. 진실한 친구 한 사람은 백만 대군을 얻은 것과 다르지 않다고 한다. 쾌활하고 씩씩한 마르첼라라고 하는 이름의 그녀는 김태실 수필가가 지니지 못한 자유로움을 갖춘 사람이다. 매사에 자신감이 없어 머뭇거릴 때 늘 먼저 손을 내밀어 주는 친구이다. '사진 찍으러 가는데 같이 가요, 회식하러 같이 가요.' 이끌 때마다 갈 생각이 없다가도 그녀가 가자 하면 자연히 따라 나서게 되며, 다녀와서는 참 잘했다는 생각이 든다는 것이다. 사람의 모든 행동은 마음의 지시라고 한다. 따뜻한 배려로 만리장성의 우정을 쌓는 두 사람의 행보는 더욱 튼실한 탑을 세울 것이라 믿게 한다. 수필「같이 가실까요」는 마르첼라와 공유하는 깊은 우정의 고리를 삶의 흔적으로 연결하고 있다. 아름다운 동행이다.

어떤 일에 심취한다는 것은 아름다운 일이다. 그러나 중독의 늪에는 양면성이 있어 희망적인 미래를 실현하는 행복을 심어주거나 쾌락의 나락에 빠져 종래에는 죽음으로 몰고 가는 절망의 노예가 되고 만다. 둘째 오빠가

마작, 경마에 손을 대고 도박에 발목이 잡혀 일어서지 못하던 안타까움을 바라만 봐야 했다. 알코올 전문병동에 입원한 중독 환자를 통하여 잘못된 삶에서 헤어나지 못하던 이들의 아픔을 이 수필은 진정성 있는 마음으로 조명하고 있다. 반면 문학이라는 아름다운 중독에 빠져 밤낮으로 몰두하며 텅 빈 가슴에 위로를 받던 스스로의 시간들을 들여다보고 있다. '한 편의 글이 형태를 갖출 때마다 찾아오는 달콤함 중독이었다. 괴로움은 선물을 낳았고 슬픔은 풍요를 낳았다.'라는 행복한 중독의 아름다움을 피력하고 있다. 스키너의 실험 상자에서 실험용 쥐가 먹이를 제치고 쾌감을 느끼는 페달만 밟다가 결국 죽는다는 실험은 무모한 중독의 폐해를 깨닫게 하는 부문이다. 김태실 수필은 '죽음도 무섭지 않게 만드는 정신적 쾌감의 위력이 중독이며 달콤함에 빠져들게 하는 무서운 힘'이라고 언급하고 있다.

수필 문학이 독자의 감성에 공감대를 열어내는 일은 사실 체험의 고백적 진술로 고개를 끄덕이게 하는 진정성이다. 까닭에 수필은 '거짓'된 픽션은 용납되지 않는다. 다만 어떤 아름다운 공간에 화분 하나의 배경을 삽입하는 정도의 유연성은 허용한다는 일설은 회자되고 있다. 수필 문학은 글의 중심을 끌고 가는 인물이나 주제를 왜곡해서는 안 되는 것이다. 김태실 수필의 총체적인 메시지는 '삶의 깨우침'에 있다. 올곧은 인성으로 바르게 사는 삶의 자세가 무엇인지 인지하게 한다. 아픔에서 치유로, 절망에서 희망으로 가는 길을 열어준다. 이 수필집 『밀랍인형』 한 권 속에는 아름다운 세상을 여는 다양한 문들로 가득하다. 또한 수필 「거미집」 「바가지」 「단추」 등 좋은 작품들이 독자를 기다리고 있다.

밀랍 인형

Wax figure

김태실 수필집

밀랍 인형

| Wax figure |

김태실 수필집